JN169631

パンゲアの零《れい》兆《ちょう》遊戯

Zero trillion in Pangaea

Kadono Kouhei

上遠野浩平

祥伝社

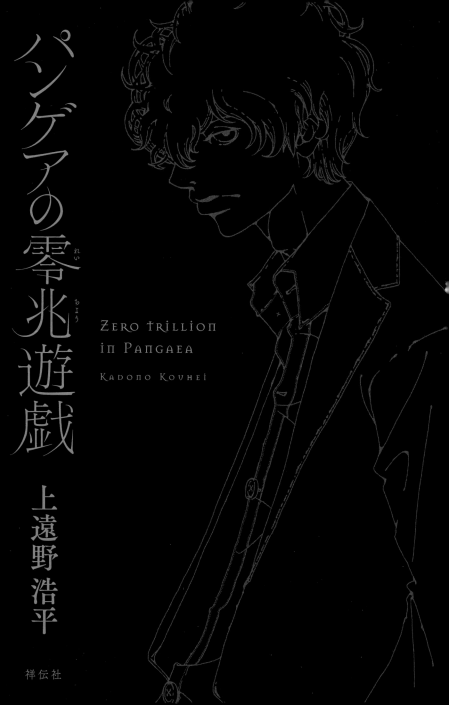

装画／ミキワカコ

装幀／岡本歌織（next door design）

「あらゆる勝負事は不条理であり、バランスを保《たも》とうとする世界に逆《さか》らっても、どこまでも勝ち続けたいと願うなら、理不尽《りふじん》そのものに恋い焦《こ》がれるくらいでなくてはならない」

——霧間誠一《きりませいいち》『無限との拮抗《きっこう》』

「ところで、最初に念を押しておきたいが。生瀬亜季《なませあき》さん？」

その背の高い英国人は上昇するエレベーターの中で、そう話しかけてきた。

「エスタブたちがいくら〝未来が視《み》える〟と言っても、それはあくまでも限定的なものだ。それは理解しているんだろうね？」

亜季はうなずいた。

「はい――別に全知全能ではなく、ただ普通の人よりも直感力が優れているのですよね」

「その通り。彼らは確かに凄いが、しかしこの世界を救ってくれる救世主でもないし、人間を滅ぼす悪魔でもない。ただ極端に目端《めはし》が利《き》くだけだ。いや、関係者の中でもたまにいるんだよ、彼らのことを神聖視して、身を捧げたいとか言い出す輩《やから》が」

「…………」

「しかし、それでも特別な力を持っているのは間違いない。彼らの言葉を聞くことで先行投資のリスクを減らせるし、事前に様々なプロジェクトの目処《めど》がつく。大いに有益な存在だ。ただ――今は少しばかり問題があるがね」

「彼らの間での、意思の統一ですね？」

「その通り。連中の意見はバラバラだ。未来が読めるというくせに、それぞれ言うことが微妙に違う。誰をアテにしていいのかわからない。エスタブたちの間に序列をつけなければならない」

「それで、パンゲア・ゲームですか」

「傍《はた》から見たら馬鹿馬鹿しいだろうね――あんなもので未来を決めているのだから」

彼がそう言ったところで、エレベーターが目的の階に到着した。

無数のモニターが広いフロアの至る所に配置されていて、そのどれもが夥《おびただ》しい数字を次から次へと表示し続けている。世界中の、ほとんどすべての地域の経済状況、株式売買の動き、投資の流れ、その成長と破綻《はたん》を映し出している。それらは常に変動し続けて、決して落ち着くことはない。

しかし今、その数字に注意を向けている者はこの場にはいない。彼らが注視しているのは、六人の男女が円卓に着いて、テーブルの上に置かれている積み木をいじっているだけの奇妙な映像だった。

男が四人に女が二人で、年齢はバラバラだった。一番上は五十過ぎの男で、下は中学生くらいの少年である。しかし彼らの間には目上と目下の区別はないようで、皆、同じような態度だった。

全員、堂々と自信に満ちあふれた顔をしている。集中して、緊張がありながらも揺るぎない眼《まな》差《ざ》しをしている。

彼らがやっているゲームは、よくある積み木崩しのようだった。同種の遊戯《ゆうぎ》、ジェンガや将棋《しょうぎ》崩しといったものと本質的には同じものだ。積まれているピースを引き抜いて、さらに上に積み直す。バランスを欠《か》いて山を崩してしまった者が負けで、直前の順番だった者が勝者となるルールだ。世界中の至る所で似たような遊びが行われているだろう。

ただこの場で行われているゲームが異様なのは、その速度だった。

全員、手を伸ばしてコマを引き抜いて、さらに上に積み直すまで、三秒とかからない。まったく迷いなく、ぱっ、と取って、すっ、と積む。

崩れることを恐れていないというよりも、それはもう事前に〝ここでは崩れない〟ことを知っているからだった。

「そう、彼らはもうわかっている——」

少し茫然《ぼうぜん》としていた亜季に、男は話しかけてきた。

「未来を予知して、いつバランスが崩れるか、その可能性のぎりぎりを見極めているから、迷わない。しかしそれはあくまでも、彼らの予知が正確であれば、の話だ」

「……彼らの間で優劣があれば、もっとも弱い者が山を崩す、ということですか」

「その通り。このパンゲア・ゲームほど彼らエスタブの好不調を測れるものはない」

六人の男女たちは手を動かしながらも、お互いに言葉を掛け合っている。リラックスした雰囲気の中で談笑している、とさえ言える印象だ。しかし、その会話の内容はおよそ常人には理解不能だった。

「醤油《しょうゆ》って陰険だよな」

「それを言うならアーモンドバターの方が底意地が悪いわ」

「結局は速度だろ？」

「水気次第《しだい》のことであれこれ言ってもしょうがないわ」

「信頼が置けるのは油だよ」

こんなことを言い合いながら、手は複雑に絡み合った積み木のコマを取っては載せ、取っては載せ、と高速で動き続けている。

「ああした無意味な会話も、お互いに対しての牽制《けんせい》なんだろう。少しでも精神集中を乱したいが、といって自分が気を取られてもいけない。その駆け引きをしているんだ」

「あれって、いったい何の話なんですか？」

「わかる訳がないだろう。きっと話の内容を先回りして結論だけを言い合っているんだろう。過程が省略されすぎているから、比喩《ひゆ》で言っていることだけがぽんと出てくる。今のだっておそらく、料理の話ではない」

「違うんですか？」

「彼らの思考を追いかけても無駄だ。こっちが尻尾《しっぽ》を摑んだときには、もう次の段階に移行してしまっていて、こっちの動きを予知された後になっている。だから我々は、彼らの出す答えをただ受け取るだけだ」

「ひたすら受け身、ですか……」

「だから困っているんだ——見ろ、やはり今回も……」

と男が指さしたモニターの向こう側では、もう積み木が今にも崩れそうな状態で、しかしいつまでも崩れない。支えているのはたった一点で、その周囲のピースばかりを皆が延々といじり回している。

この状態が、既に三時間も続いてしまっているのだった。

「予知が拮抗してしまって、決着がつかない。本来は七人の定員が割れているせいなのか、とにかくこれでは連中の間のランクをつけられない。予知内容が同じならそれでもいいんだが、言うことがバラバラなのは変わらないから、どれを信じていいのかわからなくなり、結果、我がサーカム財団の判断が遅れる——未来を先取りすることで取引の優位性を保っている我々にとっては、ゆゆしき問題なんだ。だから、部外者の君にも頼らざるを得ない訳だ。生瀬亜季さん」

男は彼女に視線を向けた。

「しかし、ほんとうに君ならできる、というのか？　この均衡《きんこう》を崩すことのできる、伝説の男を呼び寄せることが？」

「はい」

「それが彼女の〝遺言〟か——」

彼は吐息をついて、そしてモニター前のスイッチに手を伸ばした。

画面の向こう側の部屋で、からん、からん――という鐘の音が鳴る。

するとエスタブたちが、いっせいに不審げな顔になった。

カメラがある方に顔を向けてきて、そしてひとりが、

〝どういうことだ？　いつもよりもドロー判定が早すぎるようだが〟

と呼びかけてきた。

「いや、もう充分だ」

〝ハロルド、君の判断か？〟

「意外か？　これは予知できなかったのかな」

〝君らしくもない絡み方だな、ハロルド。我々はあくまでも感性の囁《ささや》きに忠実なだけで、未来を創造している訳ではないことぐらい、理解しているはずだ。なにかあったな？〟

その問いかけも断定であり、疑念ではなかった。ハロルドは首をかすかに左右に振って、マイクに向かって、

「実は、これは三ヶ月前から決定されていた運命らしいよ」

と言うと、エスタブたちは眉をひそめて、

〝三ヶ月前――まさか〟

と全員が訝《いぶか》しむ顔つきになる。皆、同じ名前に思い至ったらしい。

〝宇多方玲唯《うたかたれい》が、なにか残していたというのか？〟

「さて。立場上、私が君らに先入観を与えるようなことを言えないのは知っているだろう？」

〝ふん——だとしたら、あいつはやっぱりハッタリだけの詐欺師《さぎし》だったと言わざるを得ないな。真のエスタブではなかったことを、これで証明した。我々の足を死んでなお引っ張るとは——つまらん意趣返しをするものだ〟

「死んだ者のことを悪く言うのは感心しないよ、来栖《くるす》くん」

〝もはや未来に何の影響もなくなった者に、容赦《ようしや》など無用だ〟

来栖と呼ばれた男がそう言ったところで、亜季の奥歯から、ぎしっ、という軋《きし》んだ音が響いた。

こめかみに血管が浮き上がり、そして半開きになった唇から、抑えきれない声が洩《も》れ出していた。

「……ふざけるな……」

それはかすかなノイズに過ぎなかったが、マイクの向こうのエスタブたちは聞き逃さなかった。

〝誰かいるな？　異物が混じっている——そいつが今回の違和感のもとか〟

来栖がカメラに鋭い視線を放った。その眼差しを見ていたら、亜季は我慢できなくなってしまった。ハロルドの横に駆け寄って、叫んだ。

「おまえたちは——おまえたちを、その傲慢《ごうまん》を叩き潰してやる……！」

その声は興奮のあまり掠《かす》れてしまって、逆に弱々しく響いたが、そこに込められた感情はしっかり相手に伝わった。

〝ふん……宇多方玲唯の関係者か。我々が憎いか。復讐《ふくしゅう》でも考えているのか。とんだ逆恨みだが──だが、おまえからはなんの脅威《きょうい》も感じられないな。我々の感性の琴線《きんせん》に触れるものがない〟

その冷《ひ》ややかな声に、しかし亜季は怯《ひる》まずに、

「やるのは私じゃない──おまえたちが足下にも及ばない、伝説の男が──零元東夷《れいげんとうい》がやるんだ……！」

そう怒鳴《どな》った。そこでハロルドがマイクのスイッチを切った。もはや言い返せなくなった亜季に、来栖は蔑《さげす》みを隠しもせずに、

〝零元東夷だと──今さら何を。あんな十年前に、敵前逃亡していなくなったようなヤツに何ができる？　馬鹿馬鹿しい。なにが伝説の男だ。過去の遺物だ。くだらない──〟

そう言うと、来栖はきびすを返して歩き出し、カメラの範囲から外れた。他のエスタブたちも冷ややかな表情で立ち去っていった。

「ううう……！」

亜季はぜいぜいと息を喘《あえ》がせながら、肩を上下させている。そんな彼女をハロルドは呆《あき》れたような眼で見おろしている。

（むう──どうやら結局、この女もエスタブを神聖視する連中の一人のようだな。彼らの魔性に囚《とら》われて、抜け出せなくなっている。だが──その執念《しゅうねん》があの男を呼び寄せる力になるなら、利用価値はあるというものだ）

彼の考えを知ってか知らずか、亜季は強張《こわば》った表情のまま、ハロルドを睨《にら》みつけて、

「帰ります――すぐに戻ってきます。必ず、彼を連れてきます」

と押し殺した声で言った。

パンゲアの零《れい》兆《ちょう》遊《ゆう》戯《ぎ》

Zero trillion in Pangaea

PIECE

I

手順を無視する

彼は、私にこんなことを言っていた。

「理に頼った予測はほとんど夢想に等しい。こうなるはずだ、という気持ちは実にたやすく、こうならないでくれ、という不安に呑み込まれて焦点を欠く」

では理に頼らないで、どうやって判断するのか、そこまでは彼は教えてくれなかった。

1.

零元東夷が歴代のエスタブたちの中でも特別なのは、彼が記録保持者だからだ。

彼がスカウトされてゲームに参加したのはわずかに十回。しかしそのすべてに勝利している。

十戦全勝——その数字が特別なのは、勝利数ではなく、連続しているという点にある。

パンゲア・ゲームでは連勝するのが極めて難しい。なぜなら前回の勝利者は次のゲームの際に他の全員からマークされ、結託され、真っ先に落とされる対象になるからだ。まぐれでは絶対にあり得ない。予知能力のみならず、ゲームそのものの天才であったというしかない。しかしそれだけの才能がありながら、彼は突如《とつじょ》としてゲームの舞台から消えた。それまでのメンバーがあまりにも彼に負けたため、何人かが引退して新人と入れ替わりになるタイミングでのことだった。

彼はゲーム会場に姿を見せず、それ以来ずっと消息不明だったのだ。

生瀬亜季が見つけ出すまでは。

「…………」

亜季は緊張しながら、その階段を一歩一歩上っていった。

そのマンションは古く、そもそも耐震基準上では完全な違法物件であることが最近判明したそうで、住人の大半はとっくに退去していて、エレベーターも停止してしまっている。だから階段を使うしかない。

「……ふう」

彼女は思わず途中で息切れして、立ち停まってしまう。すると恐怖心があらためて湧き上がってきた。

こんな所にのこのこ一人で来てしまって、果《は》たして大丈夫だったのだろうか、その不安が押し寄せてきて、膝が震え始めた。もともと彼女は十代の頃はほとんど外に出られないような少女だったのだ。学校にも行けず、高校も通信教育ですませた。だがそんな彼女が大学に進学できるようになったのも、宇多方玲唯という女性に出会えたからだった。

〝もちろんおまえは不幸だ。だからなんなんだ。もっとうまくやっているヤツもいる。当然だ。だからなんなんだ。そういう現実と、おまえが自分に負けていることとは何の関係もない〟

彼女の鋭い声が、今でも耳の奥で響いている。脳裏《のうり》にこびりついて離れない。

その声が聞こえる限り、彼女は立ち停まってはいられない。

「……くっ」

奥歯を噛みしめて、ふたたび歩き出す。問題の部屋は七階にあるという。

背中が汗で濡れて、服がへばりつく不快な感触の中で、彼女は階段から廊下に出た。ワンフロアに部屋が五つある。その西端が――と彼女が視線を向けた瞬間だった。

ばん、とその部屋の扉がいきなり開いた。人影は見えず、向こうから蹴《け》りとばされたような開き方だった。

そのまま、ぎいい、ぎいい……と軋んだ音を上げつつ、扉は揺れている。自動的に閉まったりはしないようだった。

「………」

ごくり、と唾《つば》を呑み込んで、覚悟を決めて、亜季は廊下を歩き出した。物音は一切聞こえてこない。しーん、と静まりかえっている。

「あのう――」

彼女は開け放たれた扉に向かって声を掛けてみた。しかし返事はない。仕方なく、おそるおそる部屋の中を覗《のぞ》き込んでみる。

少し、息を呑んだ。室内がどんな様子なのか怖かったのだが、そこには特に何もなかった。なさすぎた。玄関なのに靴ひとつなく、人が住んでいる気配というものがまったく欠落している、そこだけ見れば他の部屋と何ら変わらない空き部屋としか思えなかった。

「あのう――すみません」

声を上げながら、彼女は靴を脱《ぬ》いで部屋に上がろうとした。しかしそのときに、突然、

〝必要ない〟

という声がした。ひどく素《そ》っ気《け》なく、冷ややかな響きの声だった。

彼女がびくっ、と顔を上げると、そこには一人の男が、いつのまにか前に立っていた。

「え？」

「靴を脱ぐ必要はない――どうせ掃除もしない部屋だ」

男はそう言うと、背中を向けて、部屋の中へと戻っていく。

「あ、あの――！」

亜季はあわてて彼のあとを追った。部屋の奥にも、やはり何もなく、男はがらん、としたリビングの隅《すみ》に、直《じか》に座った。

思ったよりも若い――まだ二十代くらいにしか見えない。唇を尖《とが》らせ気味の、不機嫌《ふきげん》そうな表情をしている。天然なのか、パーマをあてているのか、もじゃもじゃと縮《ちぢ》れた髪が鼻の上にまでかかっていて、両眼がほとんど見えない。だから顔がこっちを向いていても視線がどこに合っているのかわからない。

「れ、零元さんですか……？」

亜季がおずおずとそう訊ねても、彼はふてくされたような顔を崩さずに、いきなり、

「最初に言っておくが、おまえが僕を見つけたと思っているのなら、そいつは完全に間違いだ」

と言ってきた。

「え？」

「誰も僕のことをどうこうすることはできない。おまえが万が一、見つけ出してやったから自分

はこの僕よりも立場が上だとか思っているのなら、そいつは間違いだ。僕は誰の下でもない。わかったな？」

縮れた前髪の奥から、鈍い眼光が洩れてくる。初対面の相手に、訳のわからない威圧を唐突にしてきた。亜季が困惑していると、彼はさらに、

「もちろんおまえがここに来られたのは、僕がその気になったからだ。僕の判断だ。おまえの意思は関係ない。わかったか？」

と念を押してきた。あまりに一方的なので、亜季はかちん、と来て、

「……私をここに連れてきたのは、宇多方さんです。あなたじゃありません」

と言うと、男は、ふん、と鼻を鳴らして、

「そいつはまだ、保留だ」

と言った。

「？」

亜季が眉をひそめると、彼はさらに、

「玲唯と僕の勝負はまだ途中だ。だからその件に関してはまだケリが付いていない。しかし少なくとも、決定権がおまえにないことだけは確かだ」

と言った。なんのことかわからず混乱する亜季に、彼は、

「おまえは自分が、玲唯の代わりになれるとでも思っているのか？」

そう訊《き》いてきたので、彼女の顔が強張った。

「あ、あなたは……あなたも宇多方さんを知っているんですか？」

「おまえはあいつのことを何も知らないだろうがな」

嘲笑《あざわら》うように言われる。亜季は顔をしかめて、

「私がこの場所を知ったのは――宇多方さんから手紙が来たからです」

と言うと、男はうなずいた。

「だからそいつも、僕が出させたんだよ。あいつと僕の勝負の続きだ」

「続き、って――」

「それで、あいつは何を書いているんだ？」

男の言い方には奇妙な響きがあった。それはなんだか、既に故人のはずである宇多方玲唯がまだ生きている相手であるような、そういう現在進行形の口調なのだった。

「これです――」

亜季は、先日自分の所に届いた手紙の中に同封されていた便箋《びんせん》を差し出した。

『零元東夷へ』

という宛名《あてな》が書いてあったから、開封はしなかったのだが――それでも、中に何が書いてあるのか、亜季にはもうわかってしまっていた。薄い紙に、太い字で書かれていて、中身が透《す》けて見えてしまっているのだ。

「………」

彼にもそれが見えたらしい。顔をしかめて、ちっ、と舌打ちして、

「受け取る必要もないな」

と忌々《いまいま》しそうに言った。

その中にはこう書かれているのだった。ただ一言——、

〝いくじなし〟

——と。東夷は忌々しそうに手を振って、

「もういい。さっさとそいつをしまえ」

そう言ったので、亜季は素直に便箋をバッグに戻した。そして改めて、

「零元さん——あなたにお願いがあって来ました」

と切り出す。

「エスタブの一人であるあなたにはもう察しが付いていると思いますが——宇多方さんの代わりに、パンゲア・ゲームに復帰していただけませんか？」

「…………」

「あなたが未だに〝現役〟であることは、こんな場所にいることでも証明されています」

「…………」

「調べてみたら、あなたがこのマンションを購入したのは他のどの客よりも早かった。そのくせ、こんな風に家具も何も搬入していないのは、最初から住む気がなく、後から賠償金をせしめ

ることだけが目的だったのでしょう？」

「………」

「他の住人たちが退去してしまった今になって、やっと居住者としての立場を表明して、そして限界ぎりぎりの高額になるまでゴネ続けようという狙いなのでしょう？」

「………」

「でも、こう言ってはなんですが——これはあまり効率のいいやり方とは言えませんね。時間もかかるし、不便だし」

「………」

「サーカム財団は、あなたが復帰してくれるならば、それにふさわしい待遇《たいぐう》を約束してくれると言っています。あなたなら、こんな寂《さび》れた舞台ではなく、もっと充実したところで——」

「宇多方玲唯を殺すくらいに充実しているところで、か？」

亜季が喋っている途中で、東夷が口を挟んできた。彼女がぐっ、と言葉に詰まると、彼はさらに言う。

「つまらん勧誘ごっこはよせ。本音で言え。おまえはただ単に、宇多方玲唯を自殺に追いやった他のエスタブどもに復讐したいだけだろう。そのための道具に、僕を使いたい——そういうことだろうが」

「………」

「僕は、僕を食い物にしようとする奴らが大っ嫌いだ」

東夷は顔をしかめて、吐き捨てるように言った。

「サーカム財団の連中はもちろん、他のエスタブどもにも吐き気がする。あいつらは本来の未来を読む勝負から降りて、くだらん駆け引きに明け暮れているだけだ。あんな奴らとつきあっていたらこっちのレベルが落ちる」

「あなたは……レベルが上なんですか？」

「いいや。次元が違うんだ、次元が。レベルなどというみみっちい発想から外れているのが僕だ。他のくだらん奴らと同列で測るな」

自分からレベルとか言い出したくせに、自分で否定する。異様に頑固《がんこ》でかたくなだが、話に一貫性がない。説得するための糸口が摑めない。

（ならば……）

「……いいえ」

亜季は下唇を少し嚙んでから、意を決して、
と声を絞り出す。

「あん？」

「いいえ、違います。次元が違うんじゃない……あなたはただ、度胸《どきよう》がないだけです」

「なんだと？」

「食い物にしようとする奴が許せない、って——それは甘えです」

「…………」

「世の中は、必ず誰かが誰かを食い物にしているんです。食ったり食われたりしながら、人間は社会を作っているんです。自分だけは誰の食い物にもならないなんて無理です。もしそうしたければ——常に他の者を食い物にし続けて、優位を保ち続ける以外に道はありません。あなたのようにひきこもっていては、ただ他人から嘲笑われるだけの弱者になるだけです。自分から動かなければならないんです。今のあなたは、食い物にされる以前の、廃棄《はいき》されるゴミです」

亜季は一気にまくし立てるように言った。練習したような科白《せりふ》だが、実際にそれに近いものだった。この言葉を、彼女はひとりのときに、自分に向かって何度も何度も繰り返しているのだった。

動かなければゴミだ、ゴミだ——そう夜中に、ひとりでトイレの中でぶつぶつと呟《つぶや》いているのだった。

「…………」

東夷は、すぐには反応を表に出さなかった。無表情で、亜季のことを見つめ返している。そして、

「……で？」

と言った。

「——」

「それで、と訊いているんだが——それでおしまいか？　宇多方玲唯からの借り物の言葉で、それだけで僕を説得する気か。怒ってムキになるとでも思ったか？」

この冷ややかな問いに、亜季は、

「いいえ。これはただの前提です」

と言うやいなや、彼女は鞄から用意していた道具を取り出した。

それは包丁だった。

その凶器を固く握りしめ、そして切っ先を人に向けた。

己の首筋に。

そして、東夷から一歩後ずさって、離れた。

「……どうです?」

「…………」

「駆け引きではありません。これはシンプルな話なんです。私がここで死ねば、あなたは殺人容疑者として疑われて、仮に無実を証明できても、まともな生活は難しくなる。せっかくつり上げたこのマンションの立ち退《の》き料も手に入らないでしょう。それをどうにかできるのは、サーカム財団だけです。あなたは彼らにこの件をもみ消してもらうために、協力せざるを得なくなる——他の道はない」

「…………」

「あなたは、パンゲア・ゲームに復帰するしかないんですよ」

彼女はそう言うと、包丁を握る手に力を込めた。刃先が皮膚《ひふ》を破って、血が流れ出した。べったりと熱い感触が胸元にかけて広がっていくのを自覚した。

これが脅《おど》しなのか、それとも本気なのか——彼女自身にもよくわかっていない。他に方法がないとは思っているが、有効なのかどうかについては、深く考えていない。

ただただ、必死なのだった。

「…………」

しかしそんな彼女を前にしても、東夷は特に動じる様子もなく、ふん、と鼻を鳴らして、

「前提、といったな——僕が動かなければならない前提、と」

「はい。他のエスタブたちはあなたのことを敵前逃亡した過去の遺物呼ばわりしているんですよ。既にしてあなたは舐《な》められて、彼らのプライドのための餌《えさ》にされているんです。食い物になりたくなくても、とっくに手遅れなんですよ。それが嫌だったら動くしか——」

彼女の言葉の途中で、東夷は首を横に振って、

「ああ、いや、そうじゃない——そっちじゃない。僕の方じゃない。おまえの方の話だ。おまえは自分の前提を理解しているのか、ということだ」

「私は——」

「おまえ、知らないだろう——おまえが生命を懸けているパンゲア・ゲームのことを、何も。その本質を」

「それは——」

「今から教えてやる。どうせ持ってきているんだろう？」

彼はそう言うと、包丁を取り出すときに床に捨てた亜季の鞄に手を伸ばすと、ごそごそと中を

あさって、それを取り出した。

縦長の箱に組み立てられた状態で入っている、七百七十七個のピースを。

パンゲア・ゲームをプレイするのに必要な用具が一式揃《そろ》っていた。

「簡易型か。まあいい。大差ない」

東夷は部屋の隅にある、使われた形跡のないキッチンに備え付けられている折りたたみ式のテーブルを引っ張り出して、その上にピースを積み上げた。そして「ほれ」と亜季を手招きする。

「え？」

「包丁を喉《のど》に当てているのは片手で充分だろう。ほれ」

「……私にやれ、というんですか？　あなたと？」

「前提を知りたくはないのか。おまえはなんだかわからないもののために死にたいのか？」

東夷はにやりとして、

「僕にゲームで勝ったら、おまえの言うことを聞いてやろうじゃないか」

「そんな……」

「どうした、死ぬ気になったらなんでもできるんじゃないのか。それにおまえの言うことが正しいのなら、これとは関係なく、おまえが死ねば、どうせ目的は果たせると思っているんだろう？だったらやって損はないだろう」

東夷は絡むように言った。彼の意図はさっぱりわからないが、しかし断れない流れであることも確かだった。

「……わかりました」

彼女は促されるまま、積み上げられたタワーからピースをひとつ抜き取った。そして上に置く。パンゲアには抜きやすいところがいくつかあり、最初はそこから処理するのがセオリーだ。

彼女が身を離すと、東夷もタワーに身を乗り出してきて、そして手を伸ばしながら、

「このゲームは、二十四手目に終わる」

いきなりそう言った。そしてピースを抜いて、上に積む。平凡な動きであり、この前見た他のエスタブたちの異様な速さはそこにはない。

「え？」

思わず彼の方を見るが、それ以上は何も言わない。仕方なく、彼女はまた無難なところのピースを抜いて積む。

東夷も同じように、また平凡な手を打つ。

（今、この人が言ったのはどういう意味？　予知なのか？　二十四手目、って……偶数だったら、先手だった私の手番は絶対に奇数になるから、彼の負けということにしかならない。私が二十三手目を打ったら、次で終わる——わざと負けるつもりなの？）

しかし今までの態度からして、そんな殊勝《しゅしょう》なタマとはとても思えない。口先では厳しいことを言っても実は優しい、なんてことはありえないだろう。

（それじゃあ、いったいなんのつもりであんなことを言ったのか？）

攪乱《かくらん》戦術だろうか。混乱させたいだけのデタラメなのか。しかし悩んでいる余裕もなく、亜季

はさらにピースを移動させる。彼女も一通りゲームをやりこんではいる。自分でもできないかと思って練習はしていた。しかしもちろん、エスタブたちの超絶プレイを見てしまった後では、まったく自信などない。

彼女が手番を終えると、すぐに東夷も終える。それが延々と繰り返される。十手目、十五手目、そして十九手目になって、亜季は、

（……あれ？）

と気づいたことがあった。

何も考えずに、ミスしないように手を進めてきていたのだが……ここに来て、先が見えた。

（あそこのピースを私が抜く……彼はあそこを抜く……次はあっちを取る……彼は右端のものを抜くしかない……私はあれを取って、左端に載せる……バランスはここで限界になり、彼はどこを抜いても、上に積んだ時点でタワーは崩れる……私の勝ち……）

その手順がはっきりと脳裏に見えた。他の可能性はない。いわゆる〝詰み〟だ。彼がそれを認めたら、投了してもおかしくない。

東夷の方を見る。しかし彼は彼女の方に視線を向けていない。無表情で不安定なピースの塔を見つめている。

（彼の言った通りになった？　しかし私が勝ったら彼は私に従うとも言った――本音はどっちだ？）

彼女はじりじりとした焦《あせ》りに焼かれながらも、ピースを引き抜いて、あるべき箇所に置く。す

ぐさま東夷も、彼女が予想した通りのピースを抜いて、思った通りのところに置く。亜季はまるで機械的に決められているかのような動作で、さらに手順を進める。東夷も迷いなく、それしかない手を打つ。

二十三手目――亜季の番になった。

（ううう……）

この手を打ったら、勝ち――それはわかっている。しかし彼の意図がわからない。もしかしたら素人《しろうと》の彼女にはわからない、さらなる逆転の手があって、それを見せつけられるのではないか。しかしそうなると、さっきの彼の予言が外れるということになり、それはエスタブとしてはどうなのか、嘘をついて騙《だま》したというのは未来を読むと豪語する者たちにとっては恥ずかしいことにはならないのか。そもそもそんな奴に言うことを聞かせられたとしても、役に立つのだろうか――様々な考えが頭の中でぐるぐると回って、手が先に動かなくなった――そのときだった。

東夷が唐突に、

「おい――」

と呼びかけてきた。びくっ、と彼の方を見ると、彼は笑っていて、そして彼女のことを指さしつつ、

「包丁が、喉から外れているぞ」

と言った。彼女は視線を落とす。手はだらん、と腰の横にまで下りていた。

（あ――）

いつのまにか、生命を捨ててもいいほどの覚悟で己に突きつけていたはずの凶器が、その存在さえも脳裏から消えていた。無意識のうちに脱力してしまっていた。

「――――」

絶句した彼女に、東夷が静かな口調で、

「それが〝前提〟だ――おまえに限らない。なぜ人々はパンゲア・ゲームの勝者に自分の運命を託してしまうのか、それが理由だ。今のおまえのように、確かに持っていたはずの覚悟も、理性も、計算も――目先の勝負事の前に消し飛んでしまうのだ。意志の強弱は関係ない――ただ、勝敗がぐらついている状況をさっさと終わらせたいという気持ちが何よりも優先されてしまう。だから人は、エスタブに頼るしかない」

「…………」

「今さっき、おまえに見えていた勝利の道筋――おまえはそれに取り憑《つ》かれてしまった。少し考えればわかるはずだ。それがおまえの直面している問題とはあまり関係がないことは。注意もしていただろう。それでも――忘れていた」

「…………」

「冷静さとか判断力とか、賢さとか経験とか、そんなものは大して役には立たない。だからおまえたち〝一般人〟には未来は読めない。勝てるかも知れない、と思った時点で未来を獲得する資格を放棄していたんだよ」

「…………」

「さて──前提も終わったことだし、行くとしようか」

東夷は身を起こすと、部屋を横切って玄関の方へと向かっていく。今までやっていて、負ける寸前であるゲームのことなどまったく興味がない風に。

「え？」

「おまえはもう理解した──この零元東夷の方がおまえよりも格上であることを。言うことを聞かせられるかもとか、そういう身の程知らずの考えはもはやない。都合のいいように利用できる便利な奴とは思っていない。だから、おまえに関しての問題は終わった。僕は次の問題にかかる」

「も、問題って──」

「僕を舐めているんだろう、連中は？」

東夷は彼女の方を向きもせずに、さっさと歩いていく。

「だったら──連中にも思い知らせてやらなければなるまい。誰にも僕を食い物にすることは許さない。その問題は速《すみ》やかに解決する必要がある──」

言いながらも、彼は足を止めず、玄関を開ける音が聞こえてきた。

「ま、待ってください──」

亜季はあわてて立ち上がって、包丁を投げ出し、彼のあとを追った。

静かになった無人の部屋では、あと一手で終了することが確定したままのゲームが、中途半端な状態で取り残されていた。世の中で問題とされていることの大半がそうであるように。

2.

パンゲア・ゲームは毎週土曜日の早朝に行われる。日本で行われているのは時差の関係で、世界で最も早く日付が回ってくるからだ。その勝敗によって日曜日に、どのエスタブに従うかを世界中の契約者たちがそれぞれ決めて、月曜日には莫大《ばくだい》な金額の投資が動くことになる。世界経済には時折、説明の付かない不可思議な変動が生じるが、そのときには裏でパンゲアの番狂わせが起こっていることがある。しかし大抵の場合、パンゲアの勝者がもたらす予知はマイナス面での警告であり、一か八かの賭けに勝って莫大な利益を得ることよりも、来《きた》る破滅から逃れていち早く損失を抑えることに用いられるのが通例だ。打開策はない。駄目なものは駄目。そういう予知の方が圧倒的に多いのが事実だった。基本的には弱者を救うのではなく、強者を保護するように動いているのだ。

その日もいつものように、全世界の選ばれたサーカム契約者たちの衆人環視のもとで、六人の予知能力者、社会を裏から導いている特別感受性保持者、通称エスタブがゲームルームに集まってきた。

全員、無表情である。

緊張している様子はないが、しかし気楽な調子でもない。気負《きお》うのも油断するのも精神のバランスを乱すということらしい。

来栖《くるす》真玄《まくろ》。

夏目《なつめ》那未香《なみか》。

欧風院《おうふういん》修武《おさむ》。

露木《つゆき》興士朗《こうしろう》。

米良《めら》美沙緒《みさお》。

丁極《ていきょく》司《つかさ》。

誰もが偽名で、本名ではない。それぞれの氏素性《うじすじょう》もバラバラで、そこに深入りする者もいない。

いつもなら、そのまま無言のうちにゲームが開始されるのだが、その日は少し様子が違った。円卓を囲む椅子《いす》が、ひとつ増えている。そのため誰も席に着かずに、立ったままである。

一分ほど、重い沈黙が続いたあとで、

「……今回は中止になったのか?」

と口を開いたのは、現時点で六人の中で最高勝率を誇る来栖真玄だった。十勝五敗六十二分けはゲームの歴史の中でもベスト3に入る好成績である。

〝いいや。開始時刻はいつも通りだよ〟

スピーカーから見届け人のハロルド・J・ソーントンの落ち着いた声が響いてくる。彼の声はどことなく厳粛《げんしゅく》な寄宿舎学校の校長のようで、温和さと冷徹《れいてつ》さが均等に混じっている。

「ならば、どうして余計なものがある? 余分な席は我々の集中の妨《さまた》げになる。即刻、撤去《てっきょ》してもらいたい」

〝そうはいかない。それで人数分だから〟

その言葉が出たところで、他のエスタブたちも眉をひそめたり、薄く笑ったり、身をかすかに揺らしたりと、それぞれの反応を見せた。驚いている者は誰もいない。それは予想の範囲内だったからだ。前回のゲーム終了時にあんなことが起こって、そのままいつも通りにゲームが始まる訳がない。

「だから、その必要があるのかということは、この前も言ったはずだが……今さらあんな奴を招き入れたところで――」

来栖がそう言いかけたところで、部屋に声が響いた。

「臆病者《おくびょうもの》はいつだって言い訳から入るな?」

肉声だった。スピーカーを通さない、生の声だ。エスタブたちはいっせいに声の方を見た。

開けっ放しのドアの向こうに、零元東夷がニヤニヤ笑いながら立っていた。

「自分が負けたときのための保険をかけておくことに余念がないんだ。まったく小賢《こざか》しいことだ」

「おまえは……」

来栖は東夷を睨みつけた。

「正式な選抜試験を突破していない部外者が、どうしてこのフロアに入っているんだ?」

「突破しているからだ。十年前に」

「そんなものはとっくに期限切れ――」

「残念ながら、そんなルールはない。エスタブであることの資格に有効期限はない。そうだな、ハロルド？」

〝その通りだ。エスタブ資格を失うのは、累計で二十三敗するか、三連敗したときというのが規定であり、時間の制限はない〟

「ということだ。わかったか」

「ぬ――」

来栖は他のエスタブに目をやった。しかし彼らは、

「いいじゃないの、来栖」

「面白そうだ。やらせてみよう」

「なかなか興味深いことになるかも知れないよ」

と、新入りの参加に肯定的《こうてい》だった。その理由は来栖にはもちろんわかっている。反対しているのが来栖だからだ。もっとも成績のいい彼のことは、つねに蹴落とす対象になっているのである。彼らとてイレギュラーな零元東夷を歓迎しているはずがないが、ここは駆け引きが始まっているのである。

「……いいだろう。だが条件がある」

来栖は東夷に指を突きつけて、言う。

「おまえが一番手だ。七人の中で最初にピースに触れろ」

それは上級者の間でのパンゲア・ゲームではもっとも不利な立場だ。全体の流れを最初に決定できるものの、他の者たちはそれに対応できるし、順番がもっとも多く回ってくる立場になる。それは全員が他人に崩壊を押しつけ合うことで成立するゲームの構造上避けたいことだった。

東夷はニヤニヤ笑うだけで、何も言わない。


(ううう……)

この様子を、生瀬亜季もモニタールームから見ていた。

既に緊迫感にあふれていて、亜季の心臓の方がエスタブたちよりも激しく動悸《どうき》を刻《きざ》んでいた。

(私が言えた義理じゃないけれど、なんであんなに挑発的なのか……十年ぶりに参加することへの恐れはないのかしら？　いや、それは頼もしいことなのかも知れないけれど――あまりにも相手を舐めすぎているのでは……)

そんな彼女の横では、ハロルドが少し考えてから、

「ふむ」

とうなずいた。それからマイクをオンにして、

〝よかろう。その条件を呑もう。いいだろう、東夷くん〟

という放送に、東夷は答えずに部屋の中へと歩み入ってきて、そして皆が立っている中、円卓の椅子の一つに、どっか、と無遠慮な調子で腰を下ろした。入り口の正反対に位置しているその

席は、ゲーム性とは関係なく一般的には〝上座〟ということになる箇所だった。

「おい――」

来栖が声を上げようとしたところで、東夷は、

「一番手になった者が、最初に席を決めていいはずだ。それともルールが変更になったのか？」

とふてぶてしい口調で言った。ぐっ、と来栖は怒声を途中で呑み込んだ。

〝それでは他の者は、いつものようにクジで順番を決めてくれ〟

ハロルドの声に、エスタブたちはうなずいた。来栖はこれ以上の抗議は無駄と悟って、大きく息を吸って気持ちを切り替えた。

クジ引きはいつも、誰も逡巡《しゅんじゅん》しないので、あっという間に終わる。そこには番号が書かれていて、その順番でゲームが進行することになる。来栖は四番手だった。

（七番手だったら、直《じか》に零元東夷にとどめを刺せたんだが――）

そう思わないでもなかったが、しかしそんな雑念は勝負の際の隙《すき》につながる。来栖は平常心を保とうとした。

だがそのとき、またしても東夷が、

「この勝負は、早めに終わるだろうな」

と誰にともなく、ひとりごとのように言った。皆が彼のことを見る。すると東夷は意味ありげにうなずいて、

「そうだろう。全員、それを既に感じている。こういうときはさっさと終わる」

と言った。誰も何も返事をしなかったが、その沈黙は否定的な雰囲気でもなかった。

全員が席に着き、ゲーム開始を告げる鐘の音がスピーカーから響いてきた。

いつもならばすぐさまピースが引き抜かれては置かれる、かっかっ、という音が聞こえるのだが——その日は静寂《せいじゃく》がしばらく続いた。

零元東夷が動かない。

「————」

薄ら笑いを浮かべて、積み上げられたタワーを見つめているだけで、動かない。

手が遅い——それはパンゲア・ゲームではすなわち迷いのある弱者ということである。考えているようで、その実はただ決断できない弱気に過ぎないとされているからだ。これは勝負が終わったときの、観客たちの印象にも大きく反映される。もちろん迷っている者は支持者を集められず、人気がなくなるのである。

しかし、そんな一般的見解など無視するように、零元東夷は時間をたっぷり使って、そしてピースに触れなければならない制限時間ぎりぎりの二十九秒が経ったところで、

「パス」

と言った。

3.

「なんですって?」

モニタールームでは、生瀬亜季が思わず大声を上げていた。しかし誰もそれを制さない。皆が同じ気持ちだったからだ。ハロルドも、

「どういうことだ?」

と疑問を口にしていた。

確かにパス行為はルール上、三回までは認められる——しかし誰もやらない。もちろんこれも、勝負後の印象を考えてのことと、もし誰かが危険ぎりぎりで一回パスをしたら、他の者たちも次々とパスを回していって、結局は自分にまた回ってくるだけだからだ。それが三回繰り返されたところで、そのまま負けるだけ——無意味なのだ。そもそもパスは本来的にはやむを得ない事情で席を立つ者に与えられるペナルティの一環であって、駆け引きの道具ではないのである。

初手からそれをするなど——常識的にあり得ない。

「…………」

二番手は、丁極司という少年だった。メンバーの中で最年少であり、普段は中学校に通っているという。まるで人形のように整った顔をした美少年だが、表情も人形のように硬いために、およそ可愛《かわい》げはない。

「…………」

パスを宣言されて、動揺しないはずはなかったが、丁極はここでまったく迷わなかった。一番手として、もっとも無難な手を即座に打った。彼が淀《よど》まなかったことで、他の者たちもそれに従うしかなくなった。

（ええい——ただの悪あがきか）

来栖もすぐに手を回す。一巡目ではどうせ大きな変化はない。あっというまに、ふたたび零元東夷のところに番が来た。

また長考——静寂が続く。

そして制限時間ぎりぎりのところで、東夷は、

「パス」

とまた言った。

その顔には悪魔じみた笑いが貼りついたままだった。

「——」

丁極は、やはり逡巡なく手を進める。この混乱した空気を一刻も早く終わらせようというのか。人形のような表情に一切の乱れはない。他の者も同様に無表情で手を回していく。

三巡目になり、東夷はもう当然のように、

「パス」

と言った。ここでやっと、丁極はちら、と後がなくなった一番手の方を見た。

ん、と東夷は不敵にウインクしてみせる。

「…………」

丁極は視線をすぐに戻すと、手を進めた。皆も従う。

（こうなったら――零元東夷が自滅する以外の流れになることはないな）

来栖はやや不満を感じながらも、勝者になることがほぼ決まった七番手の女、夏目那未香を見た。彼女はどこかつまらなそうな顔をしている。勝利が棚ぼたで転がり込んできそうだというのに、喜んでいる様子はない。

四巡目がきて、零元東夷はもうピースを取るしかなくなった。彼はゆっくりと身体を起こして、もったいぶった手つきでタワーに手を伸ばす。抜いて、そして――上に置かずに、手元まで持ってきた。そしてさらに、もうひとつ抜く。

「…………！」

かすかに息を呑む気配が広がった。それもまた、ほぼあり得ない手であった。

パンゲア・ゲームではジェンガ等と異なり、一度にピースを複数抜いてもかまわない。その限界は全体の半分までだ。しかしこれもまた、意味がないのでまず用いられない。誰か特定の相手を狙い撃ちしようとぎりぎりまで抜こうとしても、ルール上、終了時に手元にピースがあるとその数に応じてマイナス点として加算されて、他の者が誰も手元にピースを残しておかなかったら勝ち抜け組の中で最下位になってしまうからだ。

しかし東夷はそんなことにおかまいなしで、どんどんピースを抜いていき、手元に積み上げていく。

それを見ている来栖の苛立《いらだ》ちがどんどん強まっていく。

（場を荒らしたいのは理解できるにしても……まさかこんな姑息《こそく》な策を弄《ろう》するとは思わなかった。丁極を飛ばして、自分は最下位でも敗者にだけはならないつもりか。ここまで下劣《げれつ》だとは……！）

こんな奴がエスタブの一員として認められていいはずがない。来栖は怒りを込めてのんびりピースを抜き続けている東夷を睨みつけた。

東夷はその視線を意識しているのかどうか、薄ら笑いを浮かべながら、

「ところでおまえら――わかっているのかな、なぜこのゲームが〝パンゲア〟と呼ばれているのか」

と語り始めた。

「それはかつて、地球に大陸が一つしかなかったときの陸地の名前だ。ユーラシアやらアメリカやらオーストラリアやら南極やらに大陸が分裂する前の名前――この名が意味するところはひとつ」

喋っている途中で、彼の手の動きが変わった。抜いたピースをタワーの上に載せた。

「世界を一つの塊《かたまり》として意識する、ということだ……多様性に満ちて、バラバラに散らばってしまっているが、その大本には共通する基盤がある、という思想。世界はひとつ、人類は皆兄妹――だから、どこからでも奪える」

そして、手元にあるピースを次々にタワー上へと積み始めた。これもルール上は問題はない。自分の番でありさえすれば、抜いた後で積むピースの数に制限はない。だが手持ちのピースをすべて載せきれなければマイナスは消えず、しかも自らが危うくしたバランスの中で積んでいくのはリスクが伴う。途中で自滅してしまえば、ただ敗者となるだけでまったくメリットはない。

「文化が違うから、言葉が違うから、人種が違うから、食い物が違うから、遊びが違うから——すべて関係ない。世界中の人間は、根本のところでは共通している。だから、どんなヤツからも、自分に都合のいい利益を引き出せる。そいつの持っている富を奪うことができる。人間はその一念で、陸を越えて、海を渡って、ありとあらゆるところにまで手を伸ばしていったんだ——そこから奪うために」

東夷の乱暴な手つきで、無造作にどんどん不安定な状態で重ねられていくので、タワーはみるみる歪《いびつ》な形になっていく。積んでいる途中で崩れてしまいそうだ。

「戦争も平和も、すべてはこの略奪行為のための方便だ。戦うときも相手から奪えると思うから攻め込み、仲良くするときもそれで相手と交流し、財を吸い上げる足掛かりを作るのが第一の目的だ。奪い合うこと、それが人間社会の本質だ。そしてエスタブはその人間の代表として、奪い合い、蹴落とし合うことを皆に見せつけてやらなければならない——」

ここで東夷は、他の者たちをじろり、と見渡した。

「それなのに、おまえらはなんだ——互いに勝利を渡し合って譲《ゆず》り合っている。選ばれた特権に胡座《あぐら》をかいて、のほほんといい気になっている。だから僕が呼ばれた。おまえらに思い知らせてやるために」

東夷がそう言ったところで、それまで一切無言だった彼の隣の、夏目那未香が口を開いた。

「サーカムに私たちが心配されている、っつーことかよ?」

彼女はよく日に焼けて、つやつやと輝く褐色《かっしょく》の肌と大きな瞳が美しい女性である。その声には猫のような優美さがあるくせに、口調は完全に男言葉である。強がっているのか、自然にそうなっているのか、他人からは判別しにくい。ぶっきらぼうなのだが、そこには虚勢的な響きはない。

「それって、私たちを舐めてんのか? ずいぶんと失礼な話だな」

その鋭い威圧的な眼で、ぎろり、と東夷を睨みつける。しかし彼は意に介さず、

「失礼とか無礼とかをやたら気にする奴は、既得権益に縛《しば》られた、社会に飼い慣らされたペットだ。そんなこともわからないなら、今すぐにこの場所から立ち去れ」

東夷は彼女の方を見ずに、次々とピースを載せていく。しかしあと三個を残したところで、身を引いた。もう限界なのだろうか。手元にピースを残しておくようだ。終了時にマイナス点になることを気にしないのだろうか?

しかし、それでゲームの進行が鈍《にぶ》ることはなかった。東夷が身を引いた直後に、丁極司がすっと手を伸ばして、何気なくピースを取って、さらに上に載せた。次の者もそれに続く。まだまだ余裕がある。東夷の暴挙のような手は、さほど状況に変化を生じさせられなかったようだった。

(残念だったな零元東夷——おまえが十年間腐っている間に、ゲームも進化しているんだ。昔だ

ったら終わりのバランスでも、我々はさらに手を進められるようになっているんだよ――）

来栖も回ってきた番で、問題なく手を進める。彼の感触ではまだまだタワーは崩れない。四周以上保《も》ちそうだった。

（だが零元東夷にそれが読めているかどうか――奴がもう一度、さっきのような悪手を打ったらそこで、自滅は今度こそ避けられまい――）

勝負は早めに終わってしまう、という彼の予言は正しかったな、と来栖は皮肉と共に思った。

しかしその周の最後で、これまでとは違う状況が起きた。最後の夏目那未香が、自分の番になっても、すぐにはピースに手を伸ばさなかったのだ。

「………………」

彼女はぶすっとした顔で、東夷のことを見つめている。そして、

「あのさあ――やっぱり失礼なのはムカつくんだけど」

とあらためて言った。

「怒りってのは冷静さを欠いた、勝負に必要ない感情とか思う？　でも人間から感情がなくなったら、思考そのものがまったく働かなくなるだけだと思うんだよ、私は――」

「それで？」

東夷はやはり、彼女の方を見ない。

「つまりさ、零元東夷――あんたの今の発言は、私を誘導しようとしているのか、それともあんたの個人的見解をただ述《の》べただけなのか、それを確認しなきゃならねーんだよ、私は」

那未香はなんだかよくわからない絡み方をしてきた。それに東夷は素っ気なく、

「だから？」

「あんたが私を怒らせようとしたか、それともたまたまそうなったのか、それをはっきりさせないと、私の感情の収まりが悪い。どっちなんだ？」

「どっちでも、おまえの怒りはどうせ消えない」

「怒りの矛先《ほこさき》の話をしてんだよ、私は。あんただけに怒ればいいのか、あんたを引き入れたサーカム財団そのものに怒るべきか、それを問題にしてるんだよ」

「僕に何を言われても、納得はできないだろう？」

「私が納得したい訳じゃないってことは、あんたもわかっているはずだ。別に私は落ち着きたいんじゃない——このもやもやを解消したいとは思っていない。とにかくおまえから何か言質《げんち》を得たいんだよ」

4.

（……いったい何を言い合っているの？　あの二人は——）

モニタールームの生瀬亜季はますます混乱していた。

（東夷の無謀なゲーム運びもそうだけど……それで一番得をしそうな夏目那未香がなんで怒っているの？）

ちら、と彼女はハロルドの方を見る。彼は肩をすくめて、

「だから、エスタブの言動なんか考えるだけ無駄だと言ったろう」

と投げやりに言った。亜季は苛立ちつつも画面に視線を戻す。

＊

「それはただの責任転嫁《てんか》だ、夏目那未香。おまえは自分で引き受けるべき不安定さを僕に押しつけようとしている」

「あんたもエスタブならわかるだろう。ましてやその心得を得意げにさっき言っていたほどの男なら」

那未香はふん、と鼻を鳴らした。

「私はあんたから何一つ奪われるつもりはない。あんたのことを気にして、余計な精神的ストレスを受けるなんざまっぴらだ。ああそうだよ。不安定さなんて引き受けるつもりは毛頭ない。あんたに投げつけてやるだけだぜ」

そこまで言ったところで、やっと彼女はピースを引き抜いて、タワーの上に叩きつけるように乱暴に置いた。かつっ、という音が響いて、タワーがぐらぐらと左右に揺れた。しかしぎりぎりのところで倒れず、落ち着く。

「みんなもそう思っている。あんたに借りを作ったつもりはないはずだ」

奇妙なことを言い出した。それを聞いて東夷の口元がにやりと吊り上がった。

「そうかい——まあ、こちらも期待していない」

そう言うと、彼はピースを目にも留まらぬ速さで引き抜いて、そして即座に上に積んだ。他のエスタブたちがやっていた早業《はやわざ》に引けを取らない——いや、むしろ誰よりも速い手つきだった。

それを見て、次の番である丁極司が、

「ふうっ」

とかすかにため息をついた。それは感心したようにも、呆れているようにも取れる吐息だった。そして彼もまた、それまでつぐんでいた口を開く。

「確かに——借りを作ったとは思わないが、しかし感謝はしておくよ。こちらの手間が少しだけ省《はぶ》けた訳だから」

そう言ってピースを移動させた。すると次の男、露木興士朗もくすくすと笑って、

「すると私が一番ありがとうって言わなきゃならないのかい？　なんか押しつけられたみたいだが」

と言って、ピースを抜いた。すぐに置くだろうと次の来栖が身を乗り出そうとしたところで、興士朗は、

「いいや、まだだよ来栖——」

と言って、ピースを手元に置いて、もうひとつピースを抜いた。

「——⁉」

来栖が驚いて興士朗の方を見る。すると別の方向から——彼の次の番であるエスタブもくすくすと笑い出して、

「いやまったく、手間は省けたよ——」

と言った。来栖はここで、はっ、と気づいた。

彼以外の全員が、うっすらと笑っている。

そして誰も、来栖の方を見ていない。彼と視線を合わせることをやめている。

もう考慮に値しない、と見切ってしまっている——。

（こ、これは——）

来栖が戦慄《せんりつ》している間にも、興士朗はピースを何個か抜いて、そしてそれらをすべて上に積み上げた。

もはや、誰が見ても明らかだった——タワーは次で崩れる。どこから抜いても、そこでバランスは崩壊する。

「————っ！」

来栖は奥歯をぎりり、と嚙みしめた。

いつのまにか……彼以外の全員が結託して、彼のことを負かすように場を回していたのだった。

（な、なんだこれは……どうなっている？　こんな状況は私の未来視には——）

彼が感じていた流れが、いつのまにか影も形もなくなってしまっていた。あると確信していた

足場が消失していた。そしてその原因がまったくわからない。

（これは――）

その瞬間――急に来栖真玄の脳裏に蘇《よみがえ》る記憶があった。これと同じことを前にも体験していた。しかしそのときには今と逆で、彼は予想していなかった勝利を摑んだのだった。それは四ヶ月前のことだった。パンゲア・ゲームのさなか、彼がピースを動かした後で、その後の番だった女――宇多方玲唯が、

『――なにが未来だ、くだらない……！』

と突然に言って、そして自らの手でタワーを突き崩してしまったのだ。他の者たちは全員、虚を衝《つ》かれて茫然となってしまった。驚きはこのことで勝者となった来栖が最も大きかった。唖然としている彼に向かって、宇多方玲唯はさらに、

『――手元にある欲だけで、未来を手に入れようなんて、私たちはなんて横暴なのかしらね？』

と理解しがたいことを言い捨てると、さっさとゲームルームから去っていった。彼女はそのあと、連続で自滅するように敗退を繰り返し、パンゲア・ゲームの参加資格を放棄して、皆の前から姿を消した。そして不審死したと伝えられたのがその一週間後であった。来栖が今、感じてい

ることの悪寒《おかん》は、あのときと同じ――何が起こったのか理解できない自失だった。

（ううう……）

来栖は震えながら、それでも彼ができる唯一のことをする。

「……パス、だ」

彼がそう呟いた直後には、次の番の者も同様に、

「パス」

と言う。それが続く。そして零元東夷の番が来る。

（ううう……）

来栖は彼を睨みつけている。もう零元東夷はパスができない。三回分使い切っている。しかし彼の手元には、三個のピースが残っている。

なんということのない動作で、東夷はピースを一個、タワーの上に載せた。抜くのと違って、中心に載せるだけではバランスは崩れない。

そして次のエスタブたちも当然、

「パス」

「パス」

「パス」

また来栖に番が回ってきてしまう。もう事態は決してしまった。もう一度パスをしても、今と同じことが繰り返されるだけだ。零元東夷の手元にある残りピースが使い切られるときには、来

栖のパスも尽きている。

詰みだった。

「ううう……」

来栖の中にかすかに残っている研《と》ぎ澄《す》まされた感性が、だんだん事態を把握《はあく》し始めていた。なぜ彼が今、ここで負けるのか、それがどこから始まっていたのか。

(あのときだ……あのとき、宇多方玲唯に勝利を譲られたときから、私に生じていた隙……あれを利用されたのだ。他のエスタブたちは全員、そのことに気づいていた――私の動揺を感じ取られていた。それを今、ここで使われた――私が鈍っていることを、私以外の皆は感じていた……だが)

来栖は円卓の、ほぼ正面に位置している男を睨みつけた。

(零元東夷――こいつはなんでそれを知っていたんだ？　どうして私が宇多方玲唯のことを無意識に避けていたのかを、なぜ……？)

思えば東夷はずっと彼を相手に挑発を繰り返していた。最初から標的にしていたのは間違いない。だがどうして――。

(……あいつか)

来栖は手を伸ばした姿勢のまま、東夷に向かって、

「……名はなんというんだ？」

と唐突に訊いた。東夷も訝しげな顔一つせず、

「生瀬亜季だそうだ」

と即答した。来栖はうなずいて、そしてゲームルームに設置されているカメラの方に顔を向けて、言う。

「すまなかったな、生瀬さん――私の負けだ」

5.

（……え？）

いきなり詫《わ》びられて、亜季は面食らった。そして彼女が戸惑《とまど》っている間にも、画面の向こう側では来栖がタワーからピースを取ろうとしたところで、崩れて、そこで勝負が決まった。

ゲーム終了を告げる鐘の音が響き渡る。この結果を受けて、モニタールームに設置されている各種情報の表示がめまぐるしく変化していく。市場が開く月曜までに、先回りして様々な取引が事前に済まされるのだ。深夜であろうと早朝であろうと時間外であろうと違法であろうと関係なく、世界は常に抜け駆けと踏み倒しと隠し立てによって動いているのだった。

「……どういうことです？　何で私に――？」

亜季は思わず、隣のハロルドに問いかけたが、彼は当然、

「わかる訳がない」

と笑って言うだけだった。その間にも勝負を終えたエスタブたちはさっさと席を立って、ゲー

ムルームから出て行く。勝った者が歓声を上げたりすることも、敗者が泣き崩れたりすることもなく、静かに、淡々と終わってしまう。動いている金額、関わっている企業の数、それらに属している人々の運命の大きさを思うと、それは冷淡かつ酷薄《こくはく》とさえいえるほどの無情さだった。

「ところで生瀬さん――きちんと後のフォローをしてくれよ。せっかく場が活性化したのに、これでまた零元東夷が出ないとか言い出されると困る」

ハロルドに言われて、亜季は、

「そ、そうですね――わかりました」

と東夷のもとへと急いで向かった。


ゲームルームの横にはバーが隣接しているが、いつもはほとんど使われていない。しかし今日は、東夷だけがそこに残って、なにやら飲み物を口にしていた。

「……祝杯、ですか？　復帰祝いの」

おずおずと亜季が訊くと、東夷は「ふん」と鼻を鳴らして、

「馬鹿か。何を祝うんだ。当然のことが終わっただけなのに」

と言って、グラスをぐいっ、と傾けた。バーカウンターの上にある瓶を見ると、中身はカクテルの素材に使うオレンジジュースらしい。さまざまなシャンパンやワイン、シェリーやブランデーなどの高級酒が用意されているのに、そっちにはまったく関心がないようだ。

「下戸《げこ》なんですか？」

「ゲームの後は喉が渇く。それに栄養も補給しなきゃならん。その両方を補《おぎな》うのはこれでいい。スポーツドリンクだと吸収が良すぎて、内臓に負荷がかかるしな。本当はグレープフルーツの方がいいんだが、用意されていなかった。後で文句を言わないと」

「……意外ですね。健康に気を遣っているんですか」

「いいや、自分のコンディションを知っているだけだ。最適な摂取《せっしゅ》をすることを心がけているだけで、将来の肉体状態のことなどは考慮していない」

何が違うのかよくわからない訂正をされるが、逆らっても無駄なのはもう身にしみている。

「あのう……ひとつ訊いてもいいですか？」

そう切り出したとたんに、東夷は即座に、

「もちろん、ほんとうにおまえに詫びた訳じゃない」

と答えた。

「奴は、この前おまえが連中に宣戦布告したときに、唯一言い返してきたんだろう？　それはミスだった。訳のわからない小娘の怒りなど無視して当然のところを、ムキになってしまった。それは奴に負《お》い目があったからだ。それを皆に見抜かれた……だから、おまえに謝るようなことを言って、奴の心の中にこびりついていた意識ミスを消そうとしたんだ」

「意識ミス、ですか……？」

なんのことだかよくわからない。しかし東夷はそんな彼女にはかまわず、

「まあ、これでひとつ片付いた――これで来栖真玄は僕のことを決して〝下〟には見られないだ

ろう」

と言って、にやりと笑った。

「あと五人——連中もじきに僕と自分らが格が違うと思い知ることになるだろう」

「…………」

亜季は少なからず混乱していた。彼女はこれまで、エスタブというのは傲慢で卑劣な連中で、結託して宇多方玲唯を死に追いやった外道《げどう》だと思っていた。それが今回、真意はわからないながらも、自らの非を認めるような言葉を発したのを聞いて、確信が揺らいできていた。

(で、でも……でも玲唯さんが死んでしまったことは変わらないし、誰かにその責任を取らせなければならないことには変わりないわ……!)

彼女が奥歯を噛みしめているのを、零元東夷はじっと見つめている……。

Piece 2

傲慢《ごうまん》を扇動《せんどう》する

彼は、私にこんなことを言っていた。

「勝利には傲慢さが絶対に必要だが、自分は絶対に勝てると思うヤツは不安に呑まれているだけで、己の強ささえ〝大したことない〟と言い切れる傲慢さこそが重要だ」

しかし己の強さを信じないと、戦いに挑《いど》む前に不安に押しつぶされるのではないか、と思ったが、彼はそれには答えてくれなかった。

1.

生瀬亜季は小学生まではふつうの家庭で育った。やや引っ込み思案な性格で、ちょっと周囲とのつきあいに疲れることはあったが、それほど困ったこともなく過ごしていた。

しかし、中学生のときに父親の会社が倒産してからは状況が一変した。無理をして入学していた名門私立校からは転校せざるを得なくなったし、親友だと思っていた相手とも疎遠《そえん》になった。

「亜季ってさ、なんか変わったよね。必死になっちゃって、ちょっと不気味だよ」

そんなことを言われて、それっきり会っていない。一生仲良しだよとか言い合っていたはずなのに、生活環境が少しズレただけで、まったく価値観が共有できなくなってしまった。

父の再就職はなかなか決まらず、警備員などのバイトをしている間に、保険外交員だった母親が大口の契約をたまたま取れたということで出世して、家庭内の収入バランスが完全に逆転したあたりから、家の中がぎくしゃくし始めた。そんな中で、彼女がたまたま受けた予備校模試で好成績を取ったことがあった。

(試験の寸前に偶然見ていた参考書に書かれていた問題が出てきただけで、実力でも何でもなかったんだけど――)

しかしその好成績から、母親の雇い主であるサーカム保険が、奨学金と学資保険を組み合わせた新サービスプランのためのモニターとして彼女を指名したあたりから変な状況が始まった。常にトップクラスの成績を取らなければならなくなり、しかもそれが両親の仲をどんどん微妙にしていく。亜季の偏差値が上がるたびに母が父を冷たい目で見るようになっていく。息が詰まりそうな空気の中で、亜季は萎縮《いしゅく》して暮らしていた。

そこでの彼女の救いはラジオ番組だった。勉強しながら聴く無関係の他人の声は、なんだか孤《こ》独《どく》な彼女に〝たいしたことないよ、大丈夫大丈夫〟と言ってくれているような気がして、気が休まるのだった。その中でも特に彼女が好きだったのは、みなもと雫《しずく》という女性歌手が一人で喋っている番組だった。時間になると彼女は「はい、みなもと雫です。それで――」といきなり喋り出して、タイトルコールさえしないという乱暴な構成で、一方的に彼女の話をただ聞くだけ。メールなども受け付けてはいるらしいのだが、いっさい送り手の名前など紹介せずに雫が「こんなこと言ってる奴がいるけど」と投稿内容を大ざっぱに紹介するだけで、リスナーと交流する気があるのかないのかわからない放送だった。自分の曲さえ流さないのだ。しかしその投げやりでぶっきらぼうな言葉を浴びていると、身体からギスギスしたものが流れ落ちてくれるような気がするのだった。

彼女は無事に志望の大学にも合格し、すぐにサーカム保険と次の契約をすることになった。今度は海外の名門大学に留学するためのプランだという。もちろん別に留学などしたくないが、仕方がなかった。

彼女がサーカム保険本社ビルのロビーで、ぼーっ、と担当者が来るのを待っているときだった。

そこに、あり得ない人がふらりと現れた。それは彼女の心の支え、みなもと雫その人だった。

連れも誰もおらず、一人だった。

「………………！」

あまりのことに絶句して、立ちすくんで、彼女のことをじっと見つめていると、彼女の方から、

「なに？」

とキツい調子で言われた。

「え、えと、その……？」

困惑して、なんと言っていいかわからずしどろもどろでいると、雫はふん、と鼻を鳴らして、

「負け犬が」

といきなり言った。亜季が茫然としていると、雫はさらに、

「なんで負けているか、わかってないだろ。ムカつくことを他人のせいにしてるうちは何やっても負け犬なんだよ」

と言ってきた。そして彼女の方に近寄ってくる。なんか絡んできた。

「あ、あの……」

「いいか、サーカムに騙されるなよ。奴らはあんたと勝負すらしていないんだからな。やるなら同じ舞台にまで上がってからだ。あんたは今」

手を伸ばしてきて、亜季の胸元に指先を突きつけて、

「自分が串刺しにされてることにも気づいてねーんだよ。まず、そいつを抜け」

と言うと、きびすを返して、すたすたと歩み去ってしまった。亜季が絶句していると、広い広いロビーの向こうから声が聞こえてきた。なにやら男の人の小さな声が聞こえてきたかと思うと、いきなり雫の大声が響いてきた。

「金だよ！　金を受け取りに来たんだよ。あたしが勝った金だよ。今週のぶん今すぐ寄越しな！」

その遠慮のない大声に、亜季は思わず身をすくめてしまった。耳を澄ませるつもりがなくても、つい聞き耳を立ててしまう。

〝あの、宇多方さん……そんな大声で金とか言わない方が〟

〝知るか。おまえらがもたもたしてるから悪いんだろ。今すぐ出せ。三億くらい〟

〝今度は何ですか？　どこに寄付するんです？〟

〝あたしの勝手だろ。あたしがパンゲアで勝ち取った金をどう使おうが自由だろ〟

〝どうせ手続きやら現地に基礎を作ったりするのは我々サーカムなんですから、急に言われても困るんですよね。何しろ我々凡人には、エスタブの皆さんのようには先が読めないので〟

〝あたしをその呼び方で呼ぶな。あたしはあいつらとは違う。あんな腰抜けどもと一緒にするな〟

〝とにかく処理はすぐ行いますので、いったんお帰りになってください〟

〝いいか、今日中にだぞ。日付が変わるまでだ。一秒でも遅れたら――〟

〝違約金でしょう？　わかってますよ〟

男がそう言うなり、彼女はきびすを返して、出口の方に——つまり亜季の方へと早足で戻ってきた。

その表情を見て、亜季は背筋が寒くなるのを感じた。それはひどく冷たい眼だったが、その冷たさが異様だった。

それは他人にではなく、己に向けられている冷たさだった。自分のことをなんとも思っていないから、他人にも一切の遠慮がないという、そういう眼をしていた。

「……宇多方……？」

亜季がぼそりとそう呟くと、彼女はちら、と視線を向けてきて、

「そっちも本名じゃない」

と囁いて、そして彼女の横をすり抜けて、エレベーターでホールから消えた。

「………………」

亜季が絶句していると、さっき話をしていた男が彼女の方に歩いてきて、

「いやまったく、芸能人というのは参るね。ああいう突拍子《とっぴょうし》もない大芝居にもつきあってやらなきゃならないんだから」

と話しかけてきた。

「君もわかってくれると思うが、あんまり周囲に今のことを言わないでくれ。あんな金の亡者だってことが一般人にも知られたら、神秘的なアーティストってイメージが崩れる」

「は、はあ……」

そんな話では絶対にないことがわかっているが、そう答えるしかなかった。男が去っていった後も、腰が抜けてしまった彼女はそこから動けなかった。するといつのまにか彼女の隣に、

「珍しいこともあるな。あの宇多方玲唯に気に入られるとは」

と言って腰を下ろしてきた男がいる。

「見たところ〝素人〟のようだが――彼女があんな風に他人に真面目《まじめ》に話すのを見たのは初めてだよ。よほど見込まれたようだ」

これが亜季とハロルド・J・ソーントンとの出会いだった。

「あ、あの――」

「なにかあったら私に連絡してくれ」

そう言って名刺を渡された。日本語の書かれていない名刺だった。ハロルドはすぐに、それじゃ、と席を立ってどこかに行ってしまった。茫然としていた亜季のところに、もともとの予定であった保険関係者が打ち合わせにやってきたのは、それから十分後のことだった。

色々と打ち合わせをしたはずなのだが、ぼーっとしていて、何も頭に入ってこなかった。しかしひとつだけ、これは果たさなくてはならないということがあった。ある程度話をした後で、亜季は唐突に、

「あのう――やっぱり考え直したいので、もう少し時間をもらえませんか」

「え？　どういうことです？」

面食らっている相手に、彼女は、

「来週、来週まで待ってください。またここで打ち合わせしましょう。そのときまでには考えておきますから」

と言って、後はもう何を言われても全然反応しなかった。

そうして一週間が過ぎて、亜季がどきどきしながら早めにロビーに来たら、やはり——そこにいた。

みなもと雫というべきか、宇多方玲唯というべきなのかはわからなかったが、とにかく〝彼女〟がソファにふんぞり返って座っていた。

「あ、あの——」

おずおずと声を掛けると、彼女は振り向きもしないで、

「あれだろ——〝今週のぶん〟ってあたしが言ったからだろ」

といきなり言った。

「え？　ええ——そうです」

亜季は驚いたが、それは不快な動揺ではなかった。

玲唯の言う通りである。亜季がどうして打ち合わせの際に来週ということにこだわったのかというと、玲唯の発言から、彼女は一週間後ここにまた来るのではないかと思ったからだ。しかし玲唯は、

「残念だけど、それはハズレだ。別にあたしは毎週ここに来ている訳じゃない。通っているのは別の施設だし――」

と言った。亜季がどぎまぎしていると、玲唯は彼女の方に、ぐるっ、と鳥のように首だけを回してきて、

「――でも、あんたが来るかも知れない、とは感じた。だから、来た。あんたも来た」

と意味不明のことを囁くと、にやり、と笑って、

「未来が一致したわね、あたしたち」

とウインクしてきた。悪戯《いたずら》っぽい、妙に幼い印象のある笑顔だった。

その瞬間、亜季の人生は決まってしまった。彼女は二度と戻れない道に進んでいくことになったのである。

2.

その男はいつもにこにこと微笑《ほほえ》んでいる。

「なあハロルド、いったいあいつをどうやって呼び戻したんだ?」

露木興士朗は笑顔のまま、悪びれない口調で訊いてきた。

「なんのことですか」

「ははっ、とぼけるなよ。あいつだよ。あの零元東夷だよ。やる気がなくなっていたあいつを、

どういう手口で引っ張り出してきたんだい？」

ハロルドは肩をすくめて、

「あなたがたエスタブに、他のエスタブの情報を無断で伝えるのは規約違反ですよ」

と言ったが、興士朗はこれにかまわず、

「いいじゃないか。どうせパンゲア・ゲームそれ自体が国際取引法違反みたいなものじゃないか。ふふ……」

と遠慮なく言う。ハロルドは心の中で嘆息《たんそく》する。

（この男は、自分が望んだものが得られないと考えたこともないのだろうな。なんでも思い通りになると思っている――しかし、その傲慢さから生まれる余裕こそ、未来を見通すエスタブ感性の原点なのだろう）

ハロルドはあくまでもパンゲア・ゲームの管理が仕事であり、この男の教育的指導ではない。彼がいかに人格的に破綻していようと、未来を見通す才能さえあれば一向に構わない。

「零元東夷は宇多方玲唯が生前に彼宛に出していた手紙を見て、その気になったようだよ」

「あの女か。他のエスタブたちは彼女を気にしているようだが、私はなんとも思っちゃいないね」

ふん、と馬鹿にしたように鼻を鳴らす。それが虚勢なのか本音なのかはハロルドにはわからないし、わかろうとも思わない。彼はただ、

「宇多方玲唯は、死ぬ前に己の後釜《あとがま》を自ら用意していたことになるが、そのことを予見していた

エスタブはいたのかな？」

　と訊くだけだ。これに興士朗は心底くだらない、という調子で、

「死ぬ奴のことを考慮してもしょうがない。それは未来には繋がっていない。考えるだけ無駄だよ。まあ、その意味では零元東夷もしょせんはその程度の奴ということにはなるね」

　と言って、また笑った。

「君たちサーカムの狙いはわかっている……やや膠着《こうちゃく》状態にあるパンゲア・ゲームの相場を掻《か》き乱したいんだろう？　だがそれはいらぬ心配だったよ。どうせ放っておいても、今の均衡は崩れていただろうから」

「ほほう。それはどういうことかな」

「他の連中のことはだいたい理解できるようになったから、これからは私の勝利が続いていくことになる。もう引き分けになることもない」

　自信満々の態度はエスタブに共通しているが、この男はこれをにこにこ笑いながら言うので、より鼻につく。

「この前のゲームでは君が勝者になったから、次は他の全員が君をマークすることになるが、それでも勝てると？」

「なにも連勝できるのはかつての零元東夷だけじゃない。これから私が新記録を樹立してみせよう」

「その未来が視えている、というのか」

「他のエスタブたちも実は薄々勘づいているんだよ。だから最近は引き分けが多かったり、にぶい来栖真玄が勝ちを拾ったりしていたんだ。本来ならあいつはあんなに勝利を得るほどの器ではなかったのだが、このところの不穏な気配を察した他の者らが牽制し合っていたんでな」

「来栖真玄はもう目がないか」

「問題外だな。ふふ……まあ、それは他の者たちも同様なんだが」

「その自信の根拠を知りたいものだが、まあどうせ常人の我々には理解できないのだろうね」

「君をがっかりさせることになるが、根拠とか理由などというものはないんだ。これはただの必然、決まっている運命なんだ。生まれついての差だ。この世には持てる者と持たざる者が歴然と存在している、それだけのことだよ」

にこにこしながら傲慢の極みのようなことを言う。それを見ながらハロルドは思う。

（損得が絡む件や、勝負事に関しては繊細《せんさい》な感性と超人的な知性を発揮するのに、内省的な方面では恐ろしく幼稚《ようち》、かつ浅薄《せんぱく》としか言いようがないのは何故だろうな？　強いということと理性的であることは関係がないのかも知れないな）

突き放した冷静な観察をされていることを知っているのか、わかっていて気にしていないのか、露木興士朗はハロルドにさらに言う。

「君たちは考えすぎなんだ。余計なことに囚われすぎている。だから単純な真理が掴めない。無駄な苦労をしているんだ。すべては受け入れることだよ」

「君がもっとも優れている、ということをか？」

「わかっているじゃないか！」

興士朗は高らかな笑い声を上げて、それから指をぱちん、と鳴らした。なんだろう、とハロルドが思ったところで、ドアが開いて女性が入ってきた。コーヒーの入ったカップを盆に載せて持ってきたのだった。

彼女は綺麗な女性だったが、表情に精彩を欠いていた。ぼんやりと、どこか焦点の合っていない目つきである。

「…………」

彼女は無言で興士朗の前までやってきて、膝を突いて、盆を彼の前に差し出した。興士朗はカップに手を伸ばしかけて、そして、

「——やはりゴミだな」

と言うなり、女性を蹴った。

それこそサッカーボールでも扱うような勢いで、無造作に、文字通りに足蹴にした。

「——ぶっ……！」

女性はもんどり打って倒れ込んで、わざわざ運んできたコーヒーを頭から浴びて、びしゃびしゃになってしまった。湯気が立っている。火傷《やけど》してしまったかも知れない。しかし興士朗はそんなことにはまったくお構いなしで、

「キリマンジャロだと言っておいたろう……どうしてモカなんぞを淹《い》れてくる？　まったく無能なゴミだな、おまえは」

と言い放った。彼女は痙攣《けいれん》するように震えながら、

「も、申し訳……ありません……」

と弱々しく詫びた。これを後ろから見ていたハロルドは、ふう、とため息をついて、

「少し、やり過ぎではないかな。この方は君のガールフレンドなのだろう?」

と一応注意してみた。しかし予想通りに、

「ゴミにはふさわしい扱い方があるんでね」

とまるで意に介さない。にこにこと笑ったままだ。怒りで逆上している訳ですらないようだった。乱暴にするのが日常なのだろう。

「おい、いつまで座っている? 早く淹れ直してこい」

「……あの、もう豆がなくなっていて……注文していたんだけど……配達が遅れてて……」

「なら買ってこい。自分で。これだからゴミは困る。なんでもこちらが指示してやらなければ何もできないんだからな。ほら、早く行け」

「は、はい……」

彼女は立ち上がると、逃げるように部屋から出て行った。

*

……彼女はエレベーターに乗って、三階にあるエントランス・ホールに出てきた。このマンシ

ョンは直接一階の出入り口には出られない。セキュリティの問題から、必ず途中で警備されているホールを通らなければならない。怪しい人間はすべてこの前で遮《さえぎ》られるから、ここには住人か、その関係者以外は誰も入って来られない。

彼女は早足で、外に通じるゲートを通ろうとした。すると、そこで、

「あのう――」

と声を掛けられた。振り向くと、ホールの隅に大学生らしき女の子が一人いて、手を挙げていた。

「え？　私？」

「そうです。間宮紀香《まみやのりか》さん――あなたにお話があるんです」

声を掛けてきたのは、生瀬亜季である。

「ええと――」

「露木興士朗について、あなたに伝えなければならないことがあるんです。あのエスタブがあなたについている〝嘘〟について」

3.

――ふたたび土曜日がめぐってきた。

零元東夷が復帰して、二度目のパンゲア・ゲームが幕を上げる。

「ところで、提案があるんだが――」

まず、露木興士朗が皆に言った。

「今まで、我々の順番を決めるクジ引きを一人ずつやってきたが、これを同時にしたいと思う」

「…………」

「全員が同時に引いて、一斉に表にするのがいいだろう。これまでは先にクジを引いた者に時間的余裕が与えられて、フェアではなかった。自分が何番目なのか、知るのは同じタイミングである方が自然だ。違うかな」

興士朗がそう言って皆を見回したところで、零元東夷がくすくすと笑い出した。

「なんかもう、必死だな？　一位になったものだから、全員からのマークを外そうとして変なことを言い出したな」

「残念だが零元東夷、君の発言には重みがない。前回のゲームで君は負けなかったとは言え、ピースを手元に二個も残していたことで印象的には最下位――もっとも影響力のない立場だ」

「それはパンゲアの本質から外れた見方だな。ゲームは敗者をひとり選び出すのが原則、勝者の優劣はあまり意味がない」

「やれやれ。これだからブランクが長い人間は――もう時代が違うんだよ。今や最上位の者だけが皆の支持を独占するのがトレンドなんだよ」

「へえ？」

東夷が周囲を見るが、他の者たちは全員無反応で、その見解を肯定も否定もしない。

「君は前回のゲームで自分の支持者数をきちんとチェックしたのかい？」

「いいや。僕は誰にも縛られる気はない。客の人数なんかをいちいち気にしてもしょうがないだろう」

「客、ねえ――まったく時代遅れな表現だな。自分が芸術家気取りの舞台役者のような気分でいるのか？」

「少なくとも、おまえらは全員、客の顔色をうかがう道化師《どうけし》に過ぎないがな。エスタブとしての使命に直面することを恐れて、ふざけて誤魔化《ごまか》し続けているんだ」

「さて、そのご大層な演説もどこまで保つかな？」

　ここで興士朗は手を挙げてみせて、

「さて、今の私の発案に賛成の者は挙手を願おう。反対の者はそのままでいい」

と促した。すると東夷だけが動かず、あとの者は全員、片手を上へとかざした。

　興士朗はニヤリとして、

「理に適《かな》っているから、多数決でも当然の結果になる。君にもわかっているだろう、零元東夷」

　そう言うと、東夷は肩をすくめて、

「理などない。あるのは現実だけだ」

と言った。

「そして人が現実を知るのは、物事が終わってからだ。だから我々エスタブが要《い》る。現実と錯覚《さっかく》の間をつなげるために。理はしょせんすべて、錯覚に過ぎない。今、おまえが感じているものもそうなんだよ」

二人が言い合っている途中で、天井のスピーカーから、

〝話は理解した。問題はなさそうだ。君らの合意に従って、ゲーム行程の変更を承認しよう〟

とハロルドの声が響いてきた。

〝零元氏はこれに不満かね？〟

「いいや。どちらでもいい」

絡んでいたわりに、東夷はあっさりとしたものだった。

彼らの前に、今までよりも取り口が大きくされたクジの入った箱が出てきた。七人は同時に手を入れて、そして取り出す。

「では、オープン」

興士朗の掛け声と共に、クジが表にされる。

すると、零元東夷の番号は、またしても前回と同じ——一番目だった。

それを見て、前回のゲームで敗者となった来栖真玄は、

（またしても最も不利な立場になったな——ツキがない。流れはやはり彼に味方していない）

と感じていた。彼自身もまた四番目で、中途半端な位置であり、おそらく勝負には絡めないだろう。様子見に徹する、いわゆる〝見〟するしかない。

（しかも、今回の最後の番手は——）

ちら、と彼はテーブルに目をやる。七番の番号を引いたのは——さんざん偉そうに振る舞って

いた露木興士朗その人だった。

（もっとも有利な立場の上に、奴が勝つことがそのまま零元東夷の敗北につながる。絶好の機会が巡ってきている……この前は私が皆に密《ひそ》かにマークされていたから狙い撃ちにされたが、今回はそれは難しい。露木は全員の様子をゆったり確認してから自分の手を打てる。速攻で奴を潰す道を皆が選べば話は別だが……その場合でも六番目や五番目の者がそのリスクを受け入れないだろう。私も自分が負けないことを優先すれば、安全策を採《と》らざるを得ない……）

露木興士朗の底無しの傲慢さが、この圧倒的有利な事態を招き寄せたかのようだった。そして零元東夷は、無駄に反抗的な態度がそのまま跳《は》ね返ってきているかのように、針のむしろの上に座らされている。

「……………」

その東夷本人は、一番目のクジを見ても一切の動揺を見せずに、またしても上座に、どっか、と音を立てて周囲を威嚇《いかく》するように、乱暴に腰を下ろした。そして、

「まず最初に言っておく——今回は僕が勝たせてもらうことになるが、それは」

と、二番目のクジを引いた女性、米良美沙緒の方を見て、

「君だけが負けるということではなく、ここの全員が僕に敗北するのだということを自覚してもらいたい」

と宣言した。言われた美沙緒はさすがに眉間《みけん》に皺《しわ》を寄せて、

「それは、負けても悲しむことはない——実力差がありすぎるから、という意味かしら」

と訊いたが、これを東夷は無視して、

「諸君らも全員、薄々勘づいているはず——このパンゲア・ゲームが硬直化し、行き詰まりを迎えていることは。僕はそれを打破するために呼ばれた。しかしそれは君らのせいでも、ゲームが現実に対応できなくなったから、でもない。逆だ。現実が行き詰まって、未来というものが世界中の人間に見通せなくなっているから、当然、エスタブにも先行きが読み切れなくなっている。臆病になって縮こまっている——」

言いながら、彼は誰のことも見ていない。テーブルの上に積まれたパンゲア・ゲームのピースを静かに見据えている。その隣に美沙緒は腰を下ろしつつ、

「十年間も引きこもっていた男に言われても、全然響かないわね。あんた、そもそもなんで前のときは、途中で来なくなったのよ？　別に腕が鈍ったわけでもなさそうだったのに」

と訊く。すると他の者たちも座りながら、

「それはそうだな。確かに気になる」

「まさかほんとうに、生瀬亜季とかいう女の子に頼まれて、宇多方玲唯の仇《かたき》を討ちに来たわけじゃないんだろう？」

「うん、反省はあるよね。十年前のプレイヤーが復帰直後に好き勝手できる程度の成長しかしていなかったことへの。そこは怠慢《たいまん》だったよ。それは認めよう」

と口々に喋りながら、次々と席に着いていく。

「しかし、疑問は疑問だ——おまえは何のために行動している、零元東夷？」

「…………」

＊

（……どうなの？）

その疑問は、生瀬亜季にとっても当然、重要なものである。

どうしてあの男は、パンゲアに復帰してくれたのか――彼女には、自分が説得できたという手応えはない。

（東夷は、内心では何を考えているの……？）

亜季が息を詰めてモニターを見つめているのを、ハロルドが横から観察している。それは彼女を心配しているわけではないが、といって冷たく突き放しているのでもない、判断保留の眼差しである。

そういう風に見られていることに亜季は気づいておらず、ただひたすらに東夷のことを見つめている……。

＊

「ノー・コメントかい？　それは下手なことを言うと内面を見透かされそうで嫌だ、という底の浅さを表しているのかな」

「…………」

「それともこうやって皆が構ってくれるのが心地よいとか、そういう理由なのかしら。注目されていることに酔っている、とか」

「…………」

無言を貫く東夷に対して、最後に席に着いた露木興士朗がやや不機嫌そうに、

「馬鹿馬鹿しい。この男には何の理由もないのだろう。重圧から一度は逃げ出したものの、やはり世界をこの手で操れるパンゲア・ゲームの栄光が忘れられずに、のこのこと出てきただけだ。私に言わせれば――」

と言っている途中で、突然、

「おまえには何も言う資格はない。露木興士朗」

と東夷がいきなり口を挟んできた。

「……なに?」

「おまえにはそもそも、この場にいる資格がない。おまえはエスタブとは言えない」

それは研ぎ澄ました刃物のように鋭い宣告だった。

言われた興士朗は、一瞬だけ怒りに唇が引きつったが、すぐに、

「……挑発か。安っぽい戦術だ。しょせんはその程度だな」

と言い返した。これに東夷は応じず、相手に視線さえ向けない。

全員が席に着き、ゲームルームに〝勝負開始〟を告げる鐘の音が鳴り響いた。

4.

東夷のゲーム運びには、もうもったいぶった大仰《おおぎょう》さはなかった。

いきなりピースを六個も引き抜いて、それを不安定な状態で上と、抜いたことで生じた中央部の隙間に積み重ねた。それは積むというよりも〝組み替える〟というべき動きだった。タワーは初手にして、既に十周以上経ったかのような様相を呈していた。

次の者はその激変ぶりに、慎重な一手を打つしかなかった。その次の者も同様である。

(これは……)

来栖真玄は自分の番が回ってきたところで、選択を迫られた。〝読み〟はできると思った。だが――。

(未来視の感覚はある。しかし……まだ確信はない……それに他の者たちがどう動くか……)

彼は、とりあえず当初の予定通りに場を乱さない無難な手を打った。

変化のない状態が続いていく。それを観察しながら、最後番の露木興士朗は内心でほくそ笑んでいた。

(ふふふ……やはり思った通りの展開になっているな。零元東夷が暴走して、他の連中はそれを落ち着かせようと必死――放っておいても、私のサポートをしてくれる)

彼は元々、エスタブの中ではもっとも手堅い戦法しか採らない男であった。他の者たちが、それぞれの信念に従って一か八かの賭けに出るときであっても、彼は決してそれに乗らない。

ひたすらに慎重――臆病なほど。

勝利が確定したときにしか動かない。前回のときのように周囲の状況がすべて自分の都合のいい段階になってからでないと動かない。そして動くときは、必ず自分が勝つ。

(イレギュラーである零元東夷がいる以上、他のエスタブたちは全員、今のような慎重策を採らざるを得ない。だがそれは私の最も得意な展開であり、状況――何もしなくても勝手に私のもっとも有利な環境になってくれるのだ)

そう、彼はこれを予想していたからこそ、これからは彼の連勝が続くと断言できるのである。

(そして当然、後に引けなくなっている零元東夷は自滅するしかない――)

彼は薄ら笑いを浮かべながら、ピースを引き抜いて、微妙に意地悪なところに積む。こんな手は普通ならやらないのだが、今回は次が東夷である以上、かなり有効な手といえた。どうせ奴は次も、複数のピースを移動させるに決まっているからだ。

そして、彼の読み通りに、東夷は自分の番になると迷いなく、六個のピースをさらに不安定な位置に組み替える。一人で数周分の変化を生じさせ続けるという戦法に変化はないようだった。

そして、そのままゲームは何周も回っていった。東夷が不安定に積んでも、他の者がそれを埋めていくような形がずっと繰り返されていく。

*

「どうも場が重たいようだな。これでは零元東夷を引き入れた意味があまりなさそうだが」

モニタールームのハロルドはそう呟いて、ちら、と隣の生瀬亜季に視線を向ける。

「君はどう思うね、生瀬くん」

「ええと――」

亜季はなにやら難しい顔をしていた。

「これって……前にやっていたのと同じルール……なんですよね？」

ハロルドは彼女が何を言っているのか、一瞬理解できなかった。

「ルールが変わったのはゲームが始まる前のクジ引きの話だよ」

「いや、そうじゃなくて……なにか違うんですけど、今……前とは全然違うゲームをしているみたいで……」

彼女は眉をひそめて、なんとも腑《ふ》に落ちないという表情をしている。

「誰も攻めていない、みたいな……」

「そうだな。攻めているのは零元東夷だけだな。しかし待ちに徹しているだけで、それも攻撃のひとつなんだよ。ゲームの駆け引きというヤツで――」

「いや、そうじゃなくて――」

亜季はハロルドの言葉を途中で遮った。彼が少し訝しげな顔になっているのにも構わず、モニターを睨みつけながら、

「——東夷は、もう勝負していない……？」

と呟いた。

5.

そして、ゲームに参加中である来栖真玄も、

（零元東夷はもう勝負していない……それは確実だ）

と見切っていた。彼は内心でどんどん膨《ふく》らんでいく焦燥《しょうそう》に耐えきれなくなってきていた。それは利かないブレーキを踏みながらレースをしなければならないドライバーの感覚に似ていた。

（勝負がかかっているのは、我々だ——今回はもうどうしようもない。問題は次だ。ここでブレーキを踏み続けるか、逆にアクセルを噴かすか——それが鍵だ）

彼は自分の番が回ってきたところで、ちら、と周囲のエスタブたちに目をやる。ほとんど全員が、強張った無表情になっている。やはり彼らも気づいている。

（わかっていないのは、一人だけか——しかし奴につきあっている余裕はもう、我々にはない）

彼はここで、今までにない行動を取った。タワーに手を伸ばす前に、

「すうっ——」

と大きく息を吸って、深呼吸したのである。意識してではない。身体がこれから起こることに備えて、少しでも多くの酸素を体内に取り込もうと本能的に反応していたのだ。

そして彼は、これまでよりも大きく身を乗り出して、ピースを引き抜いた。そして積まずに、さらに引き抜いた。そして積まずにまた引き抜いて——どんどんタワーを不安定にしていく。

零元東夷とそっくり同じ行動に出る。

彼が身体をタワーから離したときには、その形は大きく歪《ゆが》んでいて、素人が触れたらたちまち崩れ落ちそうなくらいになっていた。

「………………」

次の番である丁極司は、この状況になっても表情を変えずに手を伸ばして、そして——同じことをする。

零元東夷と来栖真玄と同様に、何個も何個も一人で動かしてしまって、タワーを安定させるような選択を一切採らない。

その次の者も同様だった。

そうして最後番の、露木興士朗に回ってくる。

（……なんだ？　みんな、挑発にやすやすと乗ってしまって、急に崩れだしたな……？）

彼は戸惑いを感じていた。彼にとって有利な状況は、ある意味ではどんどん強化されているのだが、それが予想以上に早い。

（こうなると、誰かが勝手に自滅してしまう可能性も出てきたな。まずいな。私が零元東夷を仕留めることが、こんなことで止められてしまうのは……）

そんなことを思いつつ、彼だけは今までと同様の、一個のピースだけを引き抜こうとした。そこで突然、

「その心配はいらない、露木興士朗」

と東夷が言った。

「……え？」

「おまえは絶対に勝たないから、他の者が自滅するかも、とか考えるだけ無意味だ」

淡々と、断言する。

「………」

興士朗は反応に迷う。内心を読まれたことにはさほど驚きはない。エスタブ同士なのだ。それぐらいの読みは当然だ。

しかしそれを今、ここで言うことに何の意味があるのかわからない。挑発にしてもタイミングがおかしい。

（……ただハッタリ的に言ってみただけか？）

こんなことで乱れるのは馬鹿馬鹿しい。やはり興士朗はピースをひとつだけ移動させて、番を終える。

零元東夷はまったく変化なく、やはりピースを複数引き抜いて、引き抜いて、引き抜いて、引き抜いて——いや、変化はしていた。

これまでよりも倍以上の数を、一気に動かしてしまう。タワーの変形ぶりは、これまでにないほどのレベルまで達してしまう。もうどうやってバランスを保っているのかわからないほどである。

彼の次の番である米良美沙緒は、苦虫を嚙み潰したような顔になっていた。しかしそこには苛立ちはあっても、焦りと恐怖の色はない。

「ちくしょう、傷つくわね……プライドが傷つく」

彼女は吐き捨てるように言う。

「でもここで引き下がったら、その方がもっと傷つく……」

ぶつぶつ言いながら、彼女も複数のピースを次々と引き抜いていき、一人で数周分の量をこなしていく。今にも崩れそうで、ゆらゆらと揺れ続けていて、もはやバランスを保っている様子はない。

彼女が身を起こした直後には、すぐ次の者が手を伸ばして、ピースを引き抜く。おそらく、放置しておいたらそのまま崩れる。しかし前の者が手を離してから十秒経ったら、次の番の責任になるという規定があるので、すぐに手を伸ばさなければならない。

感性で未来を読むエスタブには、そこは賭けにはならない。崩れるまでの残り時間が読めないようではそもそもこの場所にはいない。

ある意味ではもう、タワーは崩れている。崩れかけている状態をえんえんと引き延ばしているのだ。体勢を立て直そうなどと考えていたら間に合わない。崩れそうな側の反対のピースを抜いては逆方向に傾け、そしてまた反対側を抜いて傾ける。これを繰り返しているだけだ。

(もうこれは、今までのパンゲア・ゲームではない……まったく別のものだ。のんびりと未来を読んでいるだけではすまない。破滅と顔をつきあわせて我慢し続けるチキンレースだ——)

来栖真玄は自分の番が回ってくるや否や、すぐにピースを抜いた。何も考えていない。感性に身をゆだねて、考える前に動いている。その状態にさっきから飛び込んでいる。抜くピースの数も決めていない。すべては〝なんとなく〟の中でしか動いていない。直感が支配していて、小賢しい計算や策略は許されない。

それはもう、終わっているのだ——このゲームを零元東夷が始めたときに。あの男が何もかもを定めてしまっていたのだ。

(我々はただ、それに振り落とされないでついていくだけだ。この勝負はさておき、次には太刀《たち》打ちできるように。しかし——)

来栖は身を離して、次の者がピースを動かしている横で、正面にいる男を見る。

最後番の、露木興士朗を。

「う……」

彼の顔面は青ざめていた。あきらかに彼が予測していた以上の激変が今、テーブルの上で起こっていた。それはこの前の勝負で来栖が感じたものである。

未来が突然に閉じてしまったときの感覚。

(奴はついさっきまでは、勝利を確信していたはず……無理もない。あらゆる状況が奴の勝利の方を向いていたのだからな。だが残念ながら、それはあくまでもこれまでのパンゲア・ゲームでの話……もうその前提は崩れてしまった）

露木興士朗はたった一つだけ読み違いをしていた。それは他のエスタブたちが誰も零元東夷についていかないだろうという推測だ。それは常識的には正しい。しかしもうその常識は通用しない。零元東夷は可能性を見せてしまった。その先に何があるのかわかっている者は誰もいないだろうが、しかし無視できると思う者も、興士朗以外には誰もいなかったのだ。

彼はあっというまに変わってしまった状況に、すっかり圧倒されていた。

（な、なんだ……なんだこれは？）

興士朗は次々とピースを引き抜いていくエスタブたちに動揺していた。彼らはもはや自分たちの読み以上の行動をしている。それは間違いない。

（そ、それなのにどうして――）

彼が困惑している間にも、どんどん番は回っていき、彼の番になる――前の者が手を離してから、三十秒以内に手を出さなければ、彼の負けになってしまう。

「う――」

しかし興士朗は、そこで何をしたらいいのかわからない。未来を読むどころではない。ぐらぐらと揺れているタワーのどこを抜けばいいのかさえわからない。

「うう――」

と彼が呻《うめ》いていると、突然に横から、

「パス、だろう?」

と零元東夷が言った。それは質問でも確認でもなかった。彼はその言葉への反応がまったくないうちから、手を伸ばして、ピースを動かし出していた。勝手に興士朗の番を飛ばしてしまった。

ゲームはまったく停まらずに、そのまま続いていく。たちまち再び興士朗の番が来る。やはり動けない彼に、またしても東夷が、

「パスだな」

と言って番を飛ばす。

それがもう一度繰り返される。三度目のパスで、この時点で露木興士朗にはもう残りのパスがなくなる。手を出さなければ、彼の負け——というところで、しかし東夷は、

「パスだろう」

と言って、勝手にピースを動かし始める。さすがに全員のエスタブが唖然とする。これはルール上は東夷の反則負けだからだ。しかし彼はピースを動かしながら、淡々とした口調で言う。

「皆も、もう理解しているはずだ。露木興士朗はもはやエスタブではない。このゲームが始まる前から、この男は未来をまったく見通せない凡人に成り下がっていた。故に彼を敗者にはしない。その資格がない。彼はただの雑音だ。責任を取らせることはできない」

言いながらも、彼はまったく視線を当の露木興士朗には向けない。

「たった一度の勝ちに溺《おぼ》れて、判断力を失うようでは話にならない。この男は傲慢だった。それ

が彼の感性を支えていた。だがそれはしょせん自分の力ではない。周囲に支えられていただけの、砂上の楼閣《ろうかく》だ。自分で築き上げたものではないから、崩れたら、建て直せばいいということがわかっていない。いや——そもそも最初から、自分で創るということがどういうものなのかすら知らない、哀《あわ》れな仲間外れだったのだろう。最初から恵まれた立場にいる者は、世界とは誰かによって創られたものだという単純な事実を知らずに過ごしてしまって、まるで最初から何もかもが用意されていたかのように勘違いをしているものだ——」

滔々《とうとう》と語りながらも、その手は一度も止まらない。他のエスタブたちももう、誰も興士朗のことを見ない。それどころではない。彼にかまっている暇はない。もはや同情も哀れみも蔑みも感じているだけの余裕はない。それは空気を無視するのと同じだった。世の中にあふれかえっている無数の敗者たちを意識する勝負師はいない。プロ野球選手がバッターボックスに立つとき、プロになれなかった無数の高校球児のことをいちいち考えるヤツはいない。踏みにじるのは当然、そうでなければ集中などできない。

「さて——どうぞ」

東夷は手番を終えて、すっ、と次の米良美沙緒に手をかざして促した。タワーはぐらぐらと揺れていて、今にも崩れそう——しかし十秒以上は保つことが、誰の目にも理解できていた。

「…………」

美沙緒は息を大きく吸って、それから右腕を大きく頭上にまで振りかぶった。

そして次の瞬間、彼女はタワーめがけて腕を思い切り振り下ろした。たちまちその積み上がったピースの山は四方八方に弾《はじ》け散って、それまでのゲームのありとあらゆる努力を吹っ飛ばした。

「——負けよ」

美沙緒はぶっきらぼうに言うと、席を立ち、きびすを返してゲームルームから去っていった。他のエスタブも次々と去っていく。しかし興士朗だけは、がっくりとうなだれて動かない。東夷も無言で行ってしまうと、一人きりで取り残される。

「…………」

数分が過ぎても、彼はその場から動けないままだった。

6.

その様子を、モニタールームから鋭い眼で見つめている者がいる。

生瀬亜季である。彼女はじっと露木興士朗のうなだれた姿を睨みつけている。

(…………)

「さて——どうしたものかな」

細々とした処理を一通り終えたハロルドが、まだ座っている露木を見て呟いたところで、亜季が急に、

「あの——私に任せてくれませんか」

と言った。

「え？」

「あの男の始末――私にやらせてくれませんか」

彼女の声は硬く、きつい響きがある。

「始末とは穏やかじゃない表現だね。しかしまあ、君には既に、零元東夷を引っ張り出してくれたという実績があるから、ここも任せてみてもいいかな」

「ありがとうございます」

と礼を言い終わる前に、彼女は駆け出すようにして動き出していた。

「…………」

その後ろ姿を見つめていたハロルドに、部下が、

「中継も終わりましたし、もう映像記録を切ってもいいですか」

と質問してきた。しかし彼は首を横に振り、

「いや――録画しておけ。全方位のカメラで」

と静かな口調で言って、それからモニターに目を戻した。

ゲームルームに生瀬亜季が入ってくるところが映し出されていた。彼女は手に何かを持っていた。円筒状の形をした、やや大きめのケースだった。

＊

「露木興士朗――」

亜季は、うなだれたままの男に向かって、ややうわずった声で呼びかけた。

「おまえを、このまま帰すわけにはいかない――」

「……あ？」

興士朗がうつろな目で彼女を見上げると、亜季はさらに、

「おまえにはしっかりと敗北を受け止めてもらう。自分は完璧に負けたのだ、と思い知ってから、ここを出て行くべきだ」

と相手を睨みつけて言った。興士朗も、この辺でやっと、亜季がこの前の、エスタブ全員に宣戦布告してきた女だと気がついた。

「貴様は――」

「おまえには、自分の罪の重さをしっかりと背負ってもらう……」

そう言いながら、彼女はテーブル上に散らばっていたゲームのピースを乱暴になぎ払うと、空いたスペースに円筒状のケースを、どん、と置いた。

そして上に持ち上げると、ケースの下からは、しっかりと積まれた新しいパンゲア・ゲームのタワーが出現する。

「……なんのつもりだ？」

「私と勝負しろ、露木興士朗。エスタブでもないただの小娘にすぎない私にさえ、おまえがもう勝てないという事実を知れ」

彼女の声は淡々としていて、まったく迷いがない。芝居がかっている言葉にも無理がない。

興士朗が眉をひそめて、

「馬鹿な、なんでわざわざ――」

と文句を言おうとしたところに、亜季はさらに、

「おまえは今日、この場所に来る前から既に負けている――零元東夷がそう言っていた。私もそれを知っている。何故なら、間宮紀香さんに頼んで、おまえが負けるように誘導してもらったのが、この私だから」

と言った。自分の愛人の名前が急に出てきて、興士朗の顔色が変わった。

「――なんだと？　それはどういう意味だ？」

その問いかけに亜季は答えず、静かに、

「先手はくれてやる」

とだけ言った。

ぐっ、と興士朗は呻いたが、すぐに表情には鋭いものが戻ってきた。

「ふざけやがって――何を勘違いしているのか知らないが、身の程を思い知らせてやる」

彼は身を乗り出して、ピースをひとつ引き抜いて、上に積んだ。

「東夷の使いっ走りのくせに、調子に乗りやがって――」

彼が身を引くと、すぐに亜季はずいっ、と身を乗り出してきて、ピースを乱暴に引き抜く。そして上に置かず、手元の方に持ってくる。それを見て興士朗はせせら笑う。

「やはり素人だな。ピースの扱い方も知らないようだ。零元東夷の猿真似《さるまね》か」

「何も知らないのは、おまえだ」

亜季は言いながら、手番を相手に渡さずに、さらにピースを引き抜いて、手元に置く。

「私が間宮紀香さんに頼んだことはたったひとつ――〝露木興士朗に頼まれそうなことを先回りしてやってみてくれ〟ということだけだった。そうすれば、おまえがどれほど愚《おろ》かなのか彼女にもわかるはずだ、と言って」

「なんだと?」

「おまえは、そのことに一切気づかなかっただろう。彼女がいつもよりも従順であることに違和感をまったく覚えなかったろう。それがおまえに〝麻痺《まひ》〟を生んでいたとも知らずに」

言いながら、彼女はどんどんピースを抜いていき、手元に山を積んでいく。マイナス点がかさんでいく。

「麻痺だと? なんのことだ?」

「おまえが彼女を縛っていられたのは、ただただおまえに力があったから。金があり、社会的影響力があり、地位があるから――それだけで彼女を支配できると思っていた。だから、その前提が崩れたら、おまえに従う理由は彼女にはない。だから今日、ここから帰っても、彼女はもういない。おまえの敗北に彼女は自分の金を賭けたから、今では大儲《おおもう》けで、彼女自身に力がある。間宮さんにはもう、おまえに従う理由がない」

「おい、いったい何の話をしている？」

「この一週間、彼女に先回りされても、おまえは気づかなかった――彼女のことを舐めていたから。自分の都合のいいように事態が動いていくことへの警戒心が鈍っていた。そんな状態で、あの男に――最高連勝記録保持者の零元東夷に勝てる訳がないのに」

「私は――」

興士朗は声を上げようとして、そこでやっと気づいた。

亜季が延々と、同じ箇所のピースばかりを抜き続けていて、タワーが大きく傾いて、もはや崩れる寸前になっていることに。そして同時に理解する。

そう――今、この状況ではマイナス点など存在しないことに。これは一対一の、サシの対決なのだ。マイナス点で順位が変わることなど最初から関係なかったのだ。

「う――」

「この程度も読めない。もうおまえに未来を見通す感性などない。おまえはさっきの勝負で、すでにエスタブとして殺されていた。だから私がここで――とどめを刺す」

亜季は言いながら、ずっと興士朗のことを睨みつけている。

「宇多方玲唯を死に追いやったことの罪を、その罰《ばつ》を、傷として魂に刻みつけてやる――二度と勝負などできなくなるまで」

タワーがぐらぐらと揺れ始める。もう保たない。そこで彼女はやっと身を引く。

「さあ抜け——おまえの番だ」

「うう……」

震える興士朗に、亜季はさらに怒鳴る。

「抜け！」

びくっ、と痙攣するように興士朗は反射的に手を出してしまって、タワーはたちまち、がらがらと崩れ落ちた。

「ううう………」

興士朗はがたん、と椅子を蹴倒して立ち上がって、そして、

「……うわあああああああっ！」

と絶叫《ぜっきょう》して、ゲームルームから走って逃げ出してしまった。なりふり構わない、完全になにかが切れてしまった悲鳴が、どんどん遠ざかっていった。

7.

ふうっ、と亜季は深い息を吐いた。

(サーカムはもう、露木興士朗を相手にしないだろう。彼は今や、こんな小娘にさえ勝てないんだから)

　彼女は自分で自分の頬をぱん、と叩いた。

（これで——まずは一人）

　そう思ったが、別に喜びも達成感も何もなかった。むしろ苛立つ感覚がさらに強まったように思えた。

（玲唯さん——私は……）

　しかしもちろん、許すことなどできるはずもない。

　彼女はテーブル上に散らばったピースを片付けると、ゲームルームから外に出た。

　するとこの前と同じように、ルームの横に隣接しているバーカウンターに零元東夷がいて、ジュースを飲んでいた。

「よお」

　彼はグラスを持ち上げて、彼女に微笑みかけてきた。

「復讐を遂《と》げられて、満足か？」

「……まだまだです」

　彼女が苦い調子でそう言うと、東夷はさらに口元を吊り上げて、

「宇多方玲唯に怒られそうな言い方だな。あいつはいつだって〝たった今〟こそが肝心《かんじん》で、まだまだとかこれからとかいう言葉は嫌いだったろう？」

　と絡むように言ってきた。亜季は悔しかったが、口答えしても敵《かな》わないだろうと思ったので、反論しなかった。その代わりに、

「どうして、この前の勝負では一位で勝たなかったんですか?」

と訊いた。

「実力差は圧倒的——前回だって、あんな先行パス作戦なんかしなくても余裕で勝てたはずです。なんでわざわざ、せっかくの連勝記録を途絶《とだ》えさせてまで——様子を見たかったんですか?」

これに東夷は笑みを浮かべたまま、

「おまえがそれを知りたい理由はないだろう。おまえはただただ、エスタブどもが僕になぎ倒されるところを見たいだけで、連勝記録に関心はないだろう」

と淡々と言う。亜季はやはり、この男の考えを知ろうとしても無駄だと悟った。他人に本心など絶対に見せないのだろう。ため息をつく彼女に、東夷は、

「ああ、そうそう——僕が一位になってしまったから、色々と面倒な作業をしなきゃならなくなったが、もちろんそんなものやる気はないんで、おまえが代わりにやれよ」

と軽い口調で言った。

「え?」

「僕はあくまでも、個人的な動機でゲームをしているだけで、別にエスタブとしての使命など負うつもりはない。もしおまえがこれからも僕にゲームをやらせたいなら、代わりに義務を果たせ」

「ぎ、義務って——それは」

「ハロルドから資料をもらえ。僕は一切見ないからな」

そう言うと東夷は半分ほど残っていたジュースを一息で飲み干《ほ》すと、カウンターにグラスを叩きつけるようにして置き、立ち上がって歩み去ってしまった。

「…………え？」

亜季は茫然としていた。エスタブとしての義務とはすなわち、未来がどうなるかという指標を求めている世界中のゲーム観戦者たちに〝予言〟を授《さず》けることなのだ。

複雑怪奇な世界経済の流れ、その見通しをしろということである。

（……私が？）

亜季はごくり、と唾を呑み込もうとした。しかし口の中がカラカラに乾いていたので、それはただ喉の筋肉が不格好にびくびくと痙攣したにすぎなかった。

PiECE

3

尊厳を逆用する

彼は、私にこんなことを言っていた。

「プライドを確認しようとしてはならない。自尊心には結局、如何《いか》に傷つけて力に変えるか、という作用しかない。傷ついた跡を自覚して怖れたとき、その存在意義も失われる」

だが傷があまりにも深い場合、もはや心そのものが破壊されてしまうのではないか、という質問には、彼は答えてくれなかった。

1.

大学生になった亜季は、定期的に宇多方玲唯と会って話をするようになった。いつも玲唯の方から一方的に連絡が来て、毎回違う場所に呼び出されるのだった。

「生瀬さあ、あんたは物事を複雑に考えすぎている。自分ごときに世の中のことがわかるはずがないと思っている。それは間違い」

いつも亜季に彼女は断定口調で話してくる。それは人気芸能人である彼女が普段から世間に見せている高飛車キャラの顔とほぼ同じで、裏表というものが彼女にはなかった。

「でも玲唯さん、物事をわかったような顔をしている偉そうな人たちって、みんなすごく嫌な感じじゃないですか。上から目線で他人を見下すんです。私はそんな感じに、知った風なことを言いたくないんです」

亜季も彼女に遠慮のない口を利いた。最初の頃こそ少し畏縮していたが、二、三度会っただけでもう、それまでの人生で出逢った誰よりも打ち解けられる感覚になっていた。

「ああ、その気持ちはわかる。でもね生瀬、あんたがそうやって遠慮している間にも、その嫌な奴らはあんたのことを見くびり続けているんだよね。無力でつまらない人間の一人だって、高をくくられてんだよ」

彼女は高価な皿に恭《うやうや》しく飾《かざ》られていた魚のフライ料理を、乱暴に手で摑んでむしゃむしゃと食べながら言った。

　このときの場所は、高級イタリアンレストランの個室で、しかも最初に全部の料理を出してもらって、ウェイターなどが一切やってこない、という状況だった。亜季が呼び出されたときにはもう皿が並んでいたのである。玲唯は気まぐれで色々なことをした。高い店ばかりでなく、安い場末の、潰れる寸前みたいなベトナム料理屋のときもあった。客は彼女たち以外誰もいなかった。

　常に二人きりになるのだけが共通で、それをどうやって実現しているのか、亜季は当時は深く考えていなかったが、今ならわかる。エスタブならその程度の未来予測は余裕だったのだろう。

「他人に舐められるのは、面白くないだろ？」

　玲唯の問いかけに、亜季は苦笑しながら、

「……他人にどう思われるかを気にしてばかりいられません」

「そういうところが、私があんたを気に入っているところだけど、逆に不安になるところよね。あんたは強すぎる、生瀬」

「え？」

　不思議なことを言われて、亜季は面食らった。

「どういう意味です？」

　強いと言われるのも心外だが、強いのならばそれを不安に感じることもないだろう。

「別に知りたくないだろ、それを。あんたが知りたいのは、あたしがあんたをどう思っているかってことだ。違うか」

　急にズバリと言われたので、亜季は絶句した。それはその通りだったからだ。亜季の方はすっかり玲唯に心酔しきっているが、彼女の方は自分のことをどう思っているんだろう、といつだって不安だった。

「………」

　亜季が言葉を失っているところに、玲唯は淡々とした口調で、

「今のあんたに言っても理解できないだろうけれど、あんたは私の数少ない〝希望〟のひとつなのよ。あたしが世界に向き合える気力を振り絞るための理由。それがあんた、生瀬亜季」

　言いながら、彼女のことをまっすぐに見つめてくる。もちろん話は理解できない。しかし亜季はそのことに動揺しなかった。玲唯が真剣に言っていることが直感できて、そのことに圧倒されていて、反論する気がまったく起きなかった。すると玲唯はニヤリと笑って、

「まあ、早い話が〝マブダチ〟よ、あんたは。気安く話のできる、大事な友だち。それは確かよ」

　と言った。それから付け足すように、

「でも、本当に難しく考えすぎる癖は今からやめておいた方がいい——物事の本質はいつだって単純。問題なのは、その単純さがどこに根ざしているかということ。あんたがちょっとでも〝なんか嫌だな〟と感じることは、大抵——ねじ曲がった誰かの気持ちから発していることであり、その歪みにつきあっている間は、決して本質は見えない。まず素直に感じなさい。すべてはそれ

からよ――」
と、フライの油まみれの指をぺろぺろと舐めながら言った。

＊

「…………」

あのときの宇多方玲唯の言葉――。

生瀬亜季が今回の、とんでもないトラブル――零元東夷の代わりにパンゲア観戦者たちに指標を示せ、という難題をくぐり抜ける際に頼りにできたのは、あの言葉だけだった。

何もアテにはできず、どこにも逃げ場がない状況で、彼女の支えになったのは〝難しく考えるな〟という励《はげ》ましだけだった。

「――」

今は日曜日の正午――あの露木興士朗を叩きのめした勝負からほぼ丸一日が経っている。亜季はあれからハロルドから零元東夷に渡せと言われた書類を受け取って、東夷のサインだけを書いてもらって、あとは自分で適当に記入して、それを提出してしまった。その項目は二千以上もあって、正直ほとんど理解さえしていなかったが（そもそも全部英語だったので、彼女の語学力では文章自体半分くらいしか読めない）それでもかまわず、気の向くままに項目に○×を付けていった。入学試験だったら確実に落ちるだろう。手書きなのは、おそらくメール等でやりとりする際に、絶対にハッキングされるからだろう。その書類をどうやって会員たちに配付するのかまでは、亜季は知らない。

　彼女が適当に書いたものが、ほんとうに月曜日からの世界経済に影響を与えるのだろうか。正直なところ実感も何もなく、故に罪悪感もない。

「………」

　彼女は今、先週来ていた場所に戻ってきていた。

　彼女が露木興士朗の愛人をそのかした、彼の住居——彼自身が所有していた高級タワーマンションが見える公園のベンチに座っていた。

　時計が正午になった瞬間、一瞬——ほんの一瞬だけ、建物に異変が生じた。すべての窓から洩れていた照明の明かりが、全部同時に消えて、そしてすぐに再点灯したのだ。

　街の誰にもわからないことではあったが——その瞬間に、建物全体の所有者と賃貸者が丸ごと入れ替わったのである。

　露木興士朗はあの勝負の後にそのまま失踪《しっそう》し、その契約違反行為からなる違約金等の夥しい負債、並びに自らの勝利に資産を賭けていた彼に生じた莫大な損害はたちまちサーカムに一括管理されて、彼がこれまで世界中に所有していた様々な資産はすべて切り売りされることになった。当然タワーマンション自体も即座に売りに出され、それまでマンションの部屋を資産として保有していた金持ちたちは、たとえそれまでそこに住んでいたとしても、価値が激減するであろう部屋に固執《こしつ》することなく、全員すぐに手放した。管理していた会社から何から何まで入れ替わったために、正午に一瞬電気が切れて、それまでの電気代等が精算されて、新しいものに切り替わったのである。もちろんこれらのことは知られたら商品価値に関わるから、外部には一切伝わらないことである。

露木興士朗が住んでいたペントハウスの部分だけは照明が消えたままだった。高額すぎて買い手がすぐに付かなかったのか。それとも完全に改装されるのでその下準備に入っているのか。

「………」

自分がとどめを刺した相手の持っていた城が、一瞬で崩れ去って、誰にも知られないうちにこの世から跡形もなく消え去る様子を、亜季はぼんやりと眺めていた。

するとそこに、背後から、

「どんな気がするのかしら？」

という声がかけられた。女性の声だった。思わずぎょっとして振り向くと、さらに驚きが亜季の顔を強張らせた。

「宇多方玲唯の仇討《かたきう》ちなんでしょう——爽《さわ》やかな気分になったりするの？」

そう言いながら、亜季のことをじっと見つめてくるのは、エスタブの一人——米良美沙緒だった。

「う……」

絶句して、ベンチから立ち上がることもできない。いつのまに近づかれたのか、まったくわからなかった……。

「ところで……生瀬亜季さん、あなたは当然、私のことも〝仇敵《きゆうてき》〟であり、滅ぼすべき相手だと思っている訳でしょう?」

彼女はあくまでも冷静に、落ち着いた口調で話す。透き通るような肌に、切れ長でまつげの長い眼、優雅なラインの唇。鼻筋の通った細い顔立ちは、まるでルネサンス彫刻か、古代エジプトのネフェルティティのように美しい。

「………」

亜季は圧倒されていた。それは宇多方玲唯と初めて会ったときの衝撃に近いものがあった。そんな彼女に、米良美沙緒は静かに、

「でも、残念ね——私はあなたの敵にはなれないわ」

と奇妙なことを言ってきた。

2.

いつものようにパンゲア・ゲームが開催される日が来た。しかしそれはいつもより遥かにぴりぴりとした緊張感の中での実施となる。

テーブルに用意されている椅子は、最初から六つ——零元東夷が復帰する前の数に戻ったが、しかしそれは元通りになったことを意味しない。その逆だった。

外敵である東夷が、既存のエスタブをひとり駆逐《くちく》したことを表しているのだった。

「さて、どうなるかな――」

ハロルドは薄い笑いを浮かべながら、モニタールームから集まってくるエスタブたちを眺めている。

「もう現状維持に努めることもできまい。本気で行かざるを得ないから、見物だぞ」

そんな彼の様子を、横から亜季が、

「………………」

とやや訝しげに見ている。この前の彼女の暴走行為を、この男は一切とがめなかった。エスタブというものが貴重な才能であり、サーカムにとって財産だとしたら、彼女の行為はその破壊につながった訳であり、糾弾《きゅうだん》されても仕方がなかったはずなのに――。

（確かに――怪しいと思った方がいいのかも知れない……）

彼女がそんなことを思っていることに気づいているのかいないのか、ハロルドはご機嫌そうに亜季にウインクしてきて、

「零元東夷の調子はどんな感じだい？　なにしろ我々とはまったく会話をしようとしないからな、彼は」

「……まあ、変わりはないみたいです」

「君だけしか彼とコンタクトできないからね。我々が何を話しかけても返事もしないし、視線を向けもしない。まるっきり無視されている。よく未来予測表を書いてもらえたものだよ。前々回は出してもくれなかった。まあ勝者にならなかったから、こちらも強く要求しなかったんだが

ね」

「………」

亜季はあえて返事をしなかった。何か言うと言い訳臭く聞こえてしまうかも知れないと危惧《きぐ》したのだ。

「しかし、あれで他のエスタブたちも目の色が変わったからな。死ぬ気でやるしかなくなった」

「……どういうことです？」

「仲介してもらっただけの君にはわからないだろうが、あの予定表に記されていた内容は、一言で言えばそれまでのエスタブたちが予測していたのとほぼ正反対の内容だったんだよ」

「………」

「まだまだ大丈夫というところがそろそろ危ないってことになってて、全然ノーマークのところがこれから伸びるという感じで。いやあ刺激的だったよ」

「……あの、平気なんですか？」

「平気も危ないもないんだよ、我々自身が企業を運営している訳じゃない。潰れそうなら金を引き上げて、儲かりそうなら回す、それだけだ。ついでに言うなら、その損得でやきもきしているのはパンゲア・ゲーム観戦者たちであって、我々サーカム財団ではない」

ハロルドは淡々と、かなり薄情《はくじょう》なことを言う。

「予想って、当たったんですか？」

ちらりとそう訊いてみると、ハロルドは肩をすくめながら、

「さあね。それを確認できる者はこの世に誰もいないと思うよ」

とあっさり言ったので、亜季はかなり驚いた。

「……え？」

「当然だろう？　予想された内容に従って、資本の流れが変わって、結果的に色々と変化している。それは予想が的中したからなのか、それとも皆が予想に従った結果その流れになってしまったのか、その差を見極めることはできない。まあ全体的には、先週はかなり予想と現実のあいだに差が少なかった方ではあったよ」

なにやら回りくどく、込み入ったことを言われたが、要するに、

「……予想が正しいかどうか、あまり気にされないんですか？」

「その正しさは、ゲームで証明している——そういうことになっているんだよ。みんな、勝者の言うことは聞く。根は単純なのさ」

ハロルドのてらいのない言葉は、逆に亜季にはずっしりと重く感じられた。自分が適当なことを書いてしまった責任を感じつつも、どうやらその内実は誰も気にしていないらしい。

（みんな——こんなんで大丈夫なの？）

自分のことを棚に上げて、ついそんな風に思ってしまう。

（そして——あの人たちも……）

彼女はハロルドと並んで、ゲームルームに集まってきたエスタブたちをモニター越しに見る。

特にその中の一人、米良美沙緒を。

〝私はあなたの敵にはなれないわ〟

彼女の言葉が脳裏に蘇る。その意味を、これから亜季は目の当たりにすることになるのだろうか……。

3.

「…………」

「…………」

エスタブたちは今までのような軽口は叩かず、無言で部屋にやってきた。

テーブルの上には、前回のときに露木興士朗によって提案されたクジ引きの箱が用意されていた。発案者が消えたのに、そのアイディアだけはどうやら踏襲《とうしゅう》されることになったようだった。

丁極司が箱を持って、他の者たちに引くように視線で促す。全員が、同時に箱に手を入れて、抜き取って、一斉に表に返す。

それを見て、ほぼ全員の表情が若干《じゃっかん》強張った。

今度の一番目は、前回の敗者である米良美沙緒だった。だが皆が衝撃を受けたのはそれだけではなく——零元東夷だった。

彼は六番目——最後の番手だった。

ここまでずっと不利な立場でゲームに参加していた彼が、ここに来てもっとも有利な立場になり、しかも彼が勝つということは、そのまま前回の敗者が再び負けるということを意味していた。

規約によれば、エスタブ資格を失うのはあくまでも三連敗したとき、ということになっているが、実質的には違う。二連敗で充分なのだ。現に——

（宇多方玲唯は、二連敗した直後に、ほとんど自殺同然の死に方をしている——）

——という事実があるのだった。

（これは——どういうことになる……？）

来栖真玄は、五番目という自分の立ち位置よりも、まず東夷と美沙緒に注意を向けざるを得なかった。

美沙緒自身は落ち着いた顔をしている。動揺を表に出さないのは勝負師として当然であるが、それでも過剰なまでに冷静に見えた。

「————」

するとそこで、零元東夷が、

「プライド——か。この前も真っ先に言っていたよな。〝プライドが傷つく〟と。おまえを支えているのは自分に対する誇りか？」

と言いながら、しかし返事を待たず、他のエスタブたちに目を移して、

「おまえたちにも誇りはあるのか。守りたいと思う矜持《きょうじ》があるのかな？」

とニヤリと笑う。何かを言いたげだ。もちろん来栖にも、彼が何を言わんとしているのかは理

解できる。

（守りたいものとは、すなわち弱点でもある——プライドに固執して、自らに意味のない制約を掛ける行為は、真剣勝負においてはただの甘え——負けたときの言い訳に過ぎない）

東夷はもう、他のエスタブたちに揺さぶりを掛けている。全員がマークする対象を、もっとも強い東夷にするか、現時点で最弱であろう美沙緒にするか、という選択を迫っている。

（私はどうする……私が勝者となるには零元東夷本人に負けを押しつけなければならないが、そんなことが可能だろうか——）

決断を無理にすることが焦りにつながりそうで、できるだけ無心で挑むようにしなければ、と思いつつ来栖は他のエスタブたちに続いて、テーブルについた。最後に東夷が座って、そこで鐘の音が鳴る。ゲーム開始である。

「————」

美沙緒が冷静な表情のまま、ピースをひとつだけ動かした。この前のような複数のピースを激しく動かす超不安定状態には持っていかないようだ。

次の丁極も同じような手を打ち、ふたたび零元東夷が復帰する前の穏やかなゲームが戻ってきたかのように展開する。誰も積極策を打てない。

（やむを得ない——）

来栖も同じような、流れに合わせた手を打つしかない。東夷が何をするのか、まずそれを見極めなければならない。

「――ふふっ」

自分の手番が回ってきたところで、東夷ははっきりと声を出して笑った。

「なあ、おまえらは自分たちが視ている〝未来〟というものをどう考えているんだ？」

そう訊いてくるが、手をタワーへと伸ばそうとはしない。別に制限時間内なら何をしても自由なので、違反ではない。ただその間に地震などが来てタワーが崩れたら当然負けになる。

誰も返事をしないが、それにもかかわずに東夷は、

「来たるべき〝トラブル〟を事前に察知して、これを回避すると言えば聞こえはいいが、結局は困難を克服《こくふく》しないで、他人に押しつけるだけだ。自分だけが得をして、他人に損を押しつけていく。未来を創っていくのではなく、破滅を先送りしているだけだ」

と淡々と話す。今さらこんな説教じみたことをなんで言い出すのか、誰もその意図が読めない間に、やっと東夷は動いた。これまでのように複数のピースを抜くものだと誰もが思っていたところで、彼はタワーの下部から一つだけ、ほとんど弾くようにして強引に押し出した。ぐらり、とタワーが傾く。そこに取ったピースを上に載せる。反対側に傾く。

ぐらぐらと不安定に揺れる――たった一手で、たちまちこれまでのように超不安定体勢になってしまった。

ピースを数多く抜く必要もない。東夷が触れるだけで、ゲームバランスはたちまち危ういものに変化してしまう。

東夷が身を引くのとほとんど同時に、米良美沙緒は手を伸ばして、ピースを中央部から抜い

て、下の不安定に空いた隙間に押し込むようにして、崩れかけたタワーを立て直す。ジェンガではないので、ピースを置く場所は別に上に限定されない。しかし下に差し込むことはタワーそのものの重心が変わってしまうため、それまで安全だった場所が危険になる。これまでの美沙緒だったら絶対に打たなかった手だ。

「…………」

彼女の表情は変わらない。美しい顔は引き締まったままだ。動揺に歪む兆候は見られない。

彼女がバランスを戻してくれたので、次からのプレイヤーは楽になっている。そこで誰も勝負に出ず、番はそのまま東夷に回ってくる。彼はまたしても、すぐには手を出さず、

「破滅を先送りにして、どんどん積み上げていくことに何の意味があるんだろうな？」

と話し出した。

「文明の発達というのは、つまるところ次世代にどんどん〝しくじったらヤバい〟ことを無理矢理に継がせていくことだとは思わないか？　我々がやっているパンゲア・ゲームは、その点でも世界そのものを表しているとは言えるな」

言いながら、ずっとニヤニヤ笑っている。その笑いがわざとらしい挑発なのか、本心なのか、それともまったく別のなにかを表現しているのか、他の者たちにはまったく読み取れなかった。

「それで――今だ。今、おまえたちにはどんな未来が視えている？　自分たちが負ける程度の未来しか視えていないのなら、そんな感覚に何の意味があるんだろうな？　そんな当然のことしかわからないのでは、平凡なほとんどの連中と大差ないだろう？」

ここで手を伸ばして、また下の方からピースを弾き出す。

傾いたところに、上に乱暴に置いて反対側に傾ける。大きく揺れる。

十秒以内に崩れれば東夷の負けだが――米良美沙緒はそれを待たない。また上の方から取って、下部に挟むようにピースを差し込む。揺れが止まる。

次の者からはまたしても楽な作業になる。彼らのために、美沙緒ひとりで零元東夷の荒波を抑えているようなものだった。防波堤になっている。もっとも苦労しているのに、一番勝利から遠い立場に追い込まれている。

しかし、彼女はそのことに対してまったく苛立っている様子を表に出さない。

「ふふん――」

番が回ってきた東夷は、やはり笑っている。

「おまえたちのプライドとは、未来が視えるほどの鋭い感性を持っていることか、それともその感性で他人を出し抜ける力があることか？」

言いながらも東夷は、特に誰とも視線を合わせない。

「頭が良くてセンスがあって、世の中の出来事を先取りできる自分って素敵、か？　そのうぬぼれをおまえたちは心の拠《よ》り所にしているのか？　そうやって他の奴らを見下して、一般人の愚かさを踏みにじって、それが楽しいのか？」

ここで東夷は、すうっ、と顔から笑みを消した。能面のような無表情になる。そして、

「あれか？　宇多方玲唯を追い出したときも、そうやって得意がったのか？　ざまあみろって喜

んだのか？」

と言った。するとそこで、初めて隣の米良美沙緒が口を開いて、

「それは、あなたの話でしょう」

と言い返した。

「ん？」

「宇多方玲唯を負かしたかったのはあなた。彼女に完璧に勝って、その強さを踏みにじりたかったのは十年前のあなたでしょう、零元東夷」

「ふむ――」

「ここにいる者たちは全員知っているわ。あなたが消息を絶つ寸前、その最後の勝負のときに、まだ少女だった頃の宇多方玲唯がエスタブとしてゲームに初参加していたことを。あなたはそのときの勝負はかろうじて勝ったけれど、でもこれからは彼女に歯が立たなくなることを予想して、それで姿を消した――自分の不敗伝説を守るために。違うかしら？」

言いながらも、美沙緒もまた東夷の方を見ない。視線を合わせない。

＊

「――――!?」

亜季は思わず、ハロルドの方を振り返った。彼はうなずいて、

「事実だ。宇多方玲唯と零元東夷は一度だけ対戦したことがある。もっともそのときは、宇多方の負けだったから、米良氏の言っていることが合っているかどうかはなんとも言えないな」

と説明した。亜季はごくり、と唾を呑み込んで、モニターに視線を戻す。

米良美沙緒は、相変わらず冷静な横顔で画面に映っている——。

4.

——先週、亜季に会いに来た美沙緒は、こんなことを言っていた。

「少なくとも、私は宇多方玲唯は他のエスタブに負けたとは思っていなかったと考えているわ」

「ど、どういう意味？」

「あなたも、彼女本人と接触していたんでしょう？　芸能人だったパブリックイメージだけじゃない、素の彼女を知っている」

美沙緒は亜季の眼を覗き込むように見つめてきた。

「それは私たちも同じ。感性の限界まで削《けず》り合うようなパンゲア・ゲームをやっていたから、たとえ言葉はまともに交《か》わしていなくても、彼女がどれくらいの精神力を持っていたか、自分に対して厳しかったかを、実感している」

「………」

「あなたは彼女の死を、私たちのせいにしたいみたいだけど……正直、私には彼女を打ち負かしたという感覚はない。逆恨みとしか思えない」

静かに言われたので、亜季はカッと頭に血が上った。

「な、何を――」

「あなたにとって、宇多方玲唯というのはきっと、人生に光と希望を与えてくれるような存在だったのでしょうけど――でも、冷静に考えれば、彼女はあなたのために生きていた訳ではない」

はっきりと言われて、亜季はさすがに二の句が継げなかった。美沙緒はさらに、

「そして、おそらくパンゲア・ゲームのために生きていた訳でもない。宇多方玲唯にとって、エスタブと呼ばれて特別扱いされることは、人生に於《お》いて大した比重を占めていなかった、と私は思う」

とも言った。亜季は混乱しつつ、

「何を言っているの？　さっきから、何が言いたいのよ？」

と訊いてしまう。相手のペースに乗せられているのはわかっていたが、それでも訊かずにはいられなかった。美沙緒は首を左右に振って、

「そして、もちろんみなもと雫とかいうアーティスト活動も、彼女のすべてではなかった。これはあなたにも理解できるでしょう。裏の顔を知っていたあなたになら」

と付け足す。これには亜季も反論できない。

「う……」

「彼女はなんでもできた――音楽を創ることも、楽器を奏《かな》でることも、歌うことも、それで大衆

を魅了することもできた。同時に未来を読んでパンゲア・ゲームのプレイヤーにもなれた。それでも――それらは彼女のすべてではなかった。彼女がほんとうは何をしていたのか、何を目的に人生を過ごしていたのか、誰にもわからない。私たちにわかっているのは、彼女がいわば〝気晴らし〟でやっていたことだけ」

美沙緒は亜季にうなずきかけてきた。

「彼女がどうやって死んだのか、あなたはきちんと把握しているのかしら？」

「そ、それは――だから……」

亜季は言い淀んでしまう。

世間一般的には、みなもと雫というアーティストは恋人であった脚本家の男に殺されたことになっている。首を絞められて死亡して、男もすぐそのあとを追って自殺した、ということが報じられている。

これが一方的な無理心中なのか、それともみなもと雫が男に自らの絞殺を命じてのものなのか、遺書などが残っていないことから真相は闇の中――そういうことになっている。

「だから……」

「彼女があんな風に、そこら辺の人間たちのように下らない痴情《ちじょう》のもつれで死ぬはずがない、と信じたいんでしょう、あなたは」

「…………」

亜季は口をつぐんだ。信じるとか信じないではない――彼女はそれを直に知っているのだ。宇多方玲唯が死ぬ前日に、彼女に向けて零元東夷を呼び出す方法を記した手紙を出していたことからも、彼女の死が突発的なものではあり得なかったことを。

（……しかし、そのことをこの米良美沙緒に言う必要はない）

彼女がそう考えていると、美沙緒は、

「彼女が死んだ理由は私たちにはわからないし、おそらく、わからないことが救いになっている」

と言ってきた。亜季に言っているのか、それとも自省なのかあいまいな口調である。

「それを知ってしまったら、私たちがそれに耐えられるかどうか。少なくとも私には自信がない。宇多方玲唯が〝戦っていた〟相手がどんなものであれ、それに近寄りたくないと思ってしまう。そう――私は怖い」

彼女は亜季のことをずっと見つめ続けている。

「あなたは、自分が宇多方玲唯の無念を晴らすのだと考えているのだろうけど、私には彼女がそんなことを望んで、あなたに零元東夷を引っ張り出させたとは、とても思えない」

あっさりと見抜かれた。最初からそのことは読まれていたのだろう。その上で否定される。

「彼女の狙いは別のところにある。零元東夷を復帰させたのは、私たちに対する意趣返しなんかではなく、きっと――隠蔽《いんぺい》だと感じる」

「………………」

「彼女は隠している。死んだ今となっても、私たちに自分が知っていた真実を告げようとはしていない。そしてそれは、おそらくあなたに対してのものが一番大きいと思うわ、生瀬亜季さん」

「………」

「彼女がどうしてあなたにだけ、遺言めいたものを残したのか――私には、それは〝あとを追わせない〟ための偽装工作としか思えない。彼女は自分が戦っていた相手と、あなたを遭遇させたくないから、パンゲア・ゲームという格好の標的を与えてやったんじゃないかしら」

「………」

亜季は奥歯を噛みしめながら、美沙緒を睨み返している。

ここで彼女は、ふっ、と微笑んで、

「別に私は今、あなたを説得しようとか、丸め込もうとか思っている訳じゃないのよ。そもそも私とあなたは、現時点では大して敵対関係にない。あなたが零元東夷を連れてくる前だったら、それを阻止《そし》することにメリットはあったかも知れないけれど、今となってはもう手遅れ。あなた、零元東夷をコントロールできている訳じゃないでしょう？　現在ではあの男は、勝手に暴れているだけ――サーカムはもちろん、あなたにもヤツが何を企んでいるのか見当もつかない」

「………」

断言されて、あまりにも図星過ぎて、反応すらできない。ずっと彼女を睨み続けることしかできない。

「今の私にとって問題なのは、あなたでも宇多方玲唯でもない。零元東夷に圧《お》し潰されそうになっている自分であり、それをどう克服するかということ――正直、今は余裕がなくて、外に見栄《みえ》を張っている段階ではない」

「……見栄?」

奇妙なことを言い出した美沙緒に、亜季がつい訊いてしまう。すると逆に、

「あなたにとって、一番大切なものは何? やっぱり宇多方玲唯に対する心情なのかしら」

と訊き返される。答えないでいても、美沙緒は気にする様子もなく、さらに言う。

「私にとって最も大切なことは〝プライド〟よ。私はそれを守るために生きている」

「………」

「あーっ、ならば零元東夷に負ければそんなもの木っ端《こっぱ》微塵《みじん》だろう、って考えているわね。それは甘い、というより、浅いわ。あなたは人生でまだ、自分のプライドを本気で守ろうとしたことがないから、そんな風に思うのよ」

何も言っていないうちから、言い訳のように補足してくる。そしてさらに、

「プライドとは結局、自分の心の中だけの問題になる。いくら世間的にもてはやされて褒《ほ》め称《たた》えられようと、心の中に充実感と満足感がなければなんにもならない。逆に言うと、世の中からどんなに責め立てられても、気にしなければいい」

と、かなり無茶苦茶なことを言い出した。

「もちろん、気にしないだけでプライドが守れるのは幼児のうちだけ。そのうちに嫌でも社会と向き合うことになったら、外部を無視しては生きていけなくなる。世の中には自分よりも優れている者がたくさんいて、そいつらの言いなりにならなければならないことばかり。どんどんプラ

イドが傷つく。するとどうなるか。みんなプライドのことを忘れたふりをして生きていく。もちろんそんなことは不可能。誰にでもプライドはあり、いくら目を背《そむ》けても、なくなったりはしない。ではどうなるか」

　美沙緒はため息をついた。

「心が歪んでいくのよ。そして冷静な判断力をどんどん失っていく。冷静でいれば見通せるはずの未来を見失う。世の中を無駄に斜《なな》めから見るようになり、自分にとって都合のいいことが起きてくれることをひたすら待つようになる。そしてそれが来ないといって腹を立てて、他人をむやみに攻撃するようになる」

「…………」

「すべてはプライドを心の中できちんと保てていないから。自分のことを自分で信じてやれないから、他人がでっち上げる偽物《にせもの》の未来にとらわれて、己の道を平気で自ら踏みにじってしまう」

「…………」

「私が一般の人間たちよりも、未来に対する感性が鋭いのは、常に自分のプライドを大切にしてきたからよ。あいつはあんなことを言っているが、しかし本当にそうだろうか、と疑い続け、自分の判断を磨き続けてきたから。これに誇りを持っているから。そして――その私にとって、唯一と言ってもいいくらいに、私よりも誇り高いかも知れない、と感じさせたのが、宇多方玲唯よ」

「…………」

「もっと正確に言うと、彼女は私がこだわっていることさえも気にしていないように見えた。私がプライドと呼んでいるものとは、まったく異質の基準で感性を研ぎ澄ましていた」

ここまで美沙緒が言ったところで、亜季はとうとう我慢できなくなり、

「……だから、嫉妬《しっと》したんですか。敵わないと思ったから、皆と結託して玲唯さんを追い込んで――」

と言った。彼女には美沙緒の大層なご高説はどうでもよかった。彼女のことを理解しようなどとは最初から思っていない。ただひたすら、美沙緒から宇多方玲唯に対する悪意の存在を確かめたかっただけだった。これに対して、美沙緒はまたため息をついて、

「あなた、今――目先の正義に縛られて、自らの未来を汚そうとしているわよ」

と言った。

＊

（あれは、どういう意味だったのか――）

亜季には一週間経った今でも、美沙緒が言っていたことがほとんど理解できていない。彼女がどういうつもりで今、勝負に挑んでいるのか、その真意は測れないままだ。

モニターの向こうでの勝負は、延々と同じような状況が続いている。東夷が追い詰めて、美沙緒がそれをぎりぎりで修正するということを繰り返している。だが――

「時間の問題か――」

　ハロルドがぽつり、と呟いた。亜季も同感だった。

　実力差がありすぎる。

　それが偽《いつわ》らざる印象だった。零元東夷と米良美沙緒では勝負にならない。レベルが違っている上に、立場的に圧倒的不利で、反撃の糸口すらつかめない。

　しかし、そんな中でも美沙緒の表情に苦悶《くもん》の色はない。

5.

「零元東夷、あなたは私よりも才能がある。それは認めるわ。その上で訊きたいんだけど、あなたから見て、宇多方玲唯というのはどういう存在だったの？」

　美沙緒がピースを動かしながら訊くと、東夷は、

「…………」

　と反応しない。

「あら、ノー・コメント？　そんなに彼女が恐ろしかったの？　それでそのトラウマを今さらながらに解消するために、生瀬亜季さんの懇願《こんがん》に応えたのかしら」

「…………」

　東夷は自分の番が回ってきたので、淡々とピースを弾き出して、タワーに積む。ぐらぐらと揺

れるところを、美沙緒がまた整え直す。しかし――揺れが停まるかわりに、明らかにタワーが歪になり、傾いている。バランスが崩れかけている。

美沙緒はその状態を前にしても、特に動じることなく、

「あなたはこれまでも復帰しようと思ったらいつでもできたのに、今になって出てきたのは、宇多方玲唯がいなくなったからでしょう？　他に理由はない。あなたは彼女の何を警戒し、恐れていたのかしら」

彼女が言っている間にも、次の番の丁極司が冷静に安全なピースを移動させているが、もうその残りは少ないことが誰の目にも理解できていた。それこそ零元東夷まで保つかどうか、ぎりぎりのところだろう。

零元東夷はここで、ふうっ、と大きく息を吐いて、そしてエスタブたち全員を見回して、言った。

「おまえたちは――全員に責任がある」

その視線には鋭い光がある。しかしそれが何に向けられている鋭利さなのか、特定しがたい不思議さがあった。

「全員が悪い――誰もそれから逃れることはできない」

番が回ってきて、今にも崩れそうなタワーを前に、彼は視線を初めて米良美沙緒に向けて、

「自分は悪くない、というようなフリをするのはやめろ――おまえのご大層な〝プライド〟だって宇多方玲唯を殺した原因のひとつなんだ。誰も彼も悪い。世の中も悪いし、パンゲア・ゲーム

も悪い。例外はない。宇多方自身も自業自得で悪い。そして――生瀬亜季もだ」

と言うと、ばしっ、と乱暴な手つきでピースを引き抜き、叩きつけるようにして置くと、そのまま席を立って、ゲームルームから足早に立ち去ってしまった。

ぐらぐらと揺れるタワーだけが残される……もし十秒以内に崩れれば、東夷の負けだ。

「――――」

米良美沙緒は、これまでのようにすぐにはタワーに手を出さない。いや、出せない。もうタワーは完全に限界であり、ピースを一つも抜けない状態なのは歴然としていた。万に一つの賭けで十秒以内の崩壊を狙っているのか。しかし……実はまだ、ひとつだけ勝つ方法がある。

パスをするのだ。

彼女がここでパスをすれば、間違いなく他の者たちも次々とパスをしていく。全員がパスをするのに十秒と掛からない。しかし東夷はもう席を立ってしまった――タワーが崩れる前にパスを宣言するのが間に合わない。負けだ。

「…………」

それがわかっているはずなのに、美沙緒は口を開かない。揺れるタワーをじっと見つめている。

6.

「あなたは私に復讐する必要はないわ。生瀬さん」

一週間前に、美沙緒は亜季にそう言っていた。

「どうせ私は、次で負ける。パンゲア・ゲームから脱落して、エスタブと呼ばれることもなくなる」

きっぱりと断言されて、亜季は反応に困る。噛みつきたいのだが、しかし負けると言っている相手に抗議すると、まるでおまえは負けないと励ますみたいな感じになってしまう。

「…………」

亜季の睨みつけてくる視線を受けとめながら、美沙緒は、

「この前の勝負――私はプライドが傷ついたわ。零元東夷に歯が立たなかったことが悔しくて、精神的に大きく動揺して、そして気がついた。いつのまにか自分がパンゲア・ゲームに大きく依存していたことに」

と淡々と語り始めた。

「もともと私は、自分のプライドを守るために感性を磨いてきていて、それでエスタブにまでなったのだけど、それが逆転していた。パンゲア・ゲームに勝つことがプライドを支えるようになっていた。これでは話が違うわ。私は、他の誰にも自分のプライドを曲げさせないために頑張っ

ていたはずなのに、頑張ることにプライドがかかっている、みたいな感じになっていたことに気がついたのよ。傷ついた気持ちが、それを教えてくれた――そう思った瞬間、私はもうパンゲア・ゲームの参加者であることに固執するつもりがなくなっていたのよ。もう私は、気持ちの上ではゲームに負けている……そして、そのことをなんとも思わなくなっている」

「………」

亜季はなおも美沙緒を睨みながら、絞り出すように問いかける。

「……確率的に、まだおまえが負けると決まった訳じゃないでしょう。零元東夷が次に葬《ほうむ》り去る相手が五人のうち誰になるか、わからないのだから」

半《なか》ば無理矢理に、とにかく言い掛かりをつけてみる。なんでもいいから、相手を言い負かす言葉をぶつけたかった。

しかしこれに、米良美沙緒は静かな口調で、

「いいえ。絶対に私が、零元東夷の次の番になるわ」

と断言した。それはなんの迷いもない、明確な事実を言っているだけという言い方だった。

「ど、どうしてそんなことが言い切れるのよ？」

ムキになって訊き返した亜季に、美沙緒はまるで物わかりの悪い生徒を穏やかに諭《さと》す教師のように、簡潔に言う。

「あなた――まさかサーカムが、ゲームをフェアに運営しているとでも思っているの？」

＊

……そして今、米良美沙緒は彼女が言った通りに、敗北を前にしてじっと動かない。

（………）

亜季はその姿をモニター越しに見つめながら、ひどく混乱する気持ちを抑えられなかった。

（零元東夷は、今――私のことも悪いと言った……それは理解している。私も玲唯さんを救えなかった罪人の一人であることは間違いない。だからこそ、それを贖《あがな》わなくてはならないのだから――しかし）

しかしそれにしても、どうして美沙緒はあんなにも自信たっぷりに自分の敗北を予見できたのだろう？

「………」

彼女はちら、と横目で隣のハロルドを見た。彼は時計を見ながら、カウントを取り始めている。

「――四、五――」

それが十を超えたら、零元東夷の勝ちで、その前に崩れれば彼の負けだ。

「――六、七――」

モニターの向こうでは他のエスタブたちが全員、美沙緒を注視している。パスを選択しない彼女のことを訝っているのか、それとも次の戦いのことをもう考え始めているのか、亜季にはわからない。

「――八、九――」

ただ美沙緒だけが、この勝負の間ずっとそうであったように、落ち着いた表情で静かに座っている。

「――十、だ」

ハロルドがそう言った直後、タワーは揺れから明確な傾斜に変化していって、そしてがらがらと崩れ落ちた。

コンマ一秒あったかどうか――とにかく十秒を過ぎた後での崩壊だったので、そのときに番が回ってきていたプレイヤーの負けが決定する。

米良美沙緒の二連敗だった。

彼女は負けましたとも何も言わずに、無言で立ち上がり、ゲームルームから立ち去っていった。

永遠に。

「…………」

亜季はその様子を見つめながら、いつのまにか奥歯をぎりぎりと噛みしめていることに気がついた。

PiECE 4

破綻《はたん》を容認する

彼は、かつて私にこんなことを言っていた。

「破綻を避ければ負けない、という発想は、世の中にはなんの矛盾《むじゅん》も不条理も存在しない、という楽観がなければ成り立たない、もっとも愚かしい考え方だ」

だが矛盾や不条理を先に考えに入れることも不可能なのだから、楽観も悲観も関係なく、むしろ余計な迷いを招くだけではないか、という問いには、彼は答えてくれなかった。

1.

勝負を終えたばかりのエスタブたちは、隔離《かくり》された環境から一般社会に戻るためのエレベーターに乗ろうと移動している——その途中で、一人の男が皆に声を掛けた。

「諸君らはどう感じている?」

敗者が先に乗って移動した直後であり、しかも今回は勝者である零元東夷が終了前に帰ってしまうという状況なので、そこにいるのは今回は勝ちも負けもしなかった四人の者たちだけである。

普段ならば、ここでは誰も何も言わない。勝負相手に余計な情報を与えることになるし、そもそも勝負の場以外でエスタブ同士が交流することは厳禁だ。共謀行為を予防するためである。しかしその禁をあえて破った男は、欧風院修武である。

彼は五十七歳。現時点で最高齢のエスタブであり、在籍歴ももっとも長い。このパンゲア・ゲームというものが始まってから十六年が経過しているが、彼はその十二年を生き延びている。かつて零元東夷が十連勝の記録を作ったときも我が事として経験しているが、彼はそのときも一度も敗者にはならずに済ませている。要領がいいのか、生き延びる才覚があるのか、勝率としては一割程度で、決して良い成績ではないのだが、しかし勝者となれるのは常に七分の一であることを考えれば、必要充分であるとも言えた。

その欧風院の言葉に、これまた普段ならば返事をしないはずの来栖真玄が、

「確かに、サーカム財団はパンゲア・ゲームに見切りをつけようとしているらしいな」

と答えると、さらに横の夏目那未香が、

「零元東夷は破壊者として招かれた、そう捉《とら》えるしかねーよーだな」

と乱暴な口調で付け足した。二人ともやや強張った顔をしている。

「………」

無言なのは端に立っている丁極司だけだ。そこに欧風院がさらに、

「それで、諸君らはどうしようと考えているのかな」

と訊いてきた。

「どういうこと？」

「もはやパンゲア・ゲームの未来がないのなら、我々にも新しい〝就職先〟が必要だろう」

完全に、禁を犯す共謀行為である提案だった。しかもそのことに何の迷いもない。そして他のエスタブたちも、その違反そのものにはなんの反応も見せず、冷静に応える。

「財団以外のスポンサーを探して、新規のゲームを始めようっていうのか」

「現在、顧客となっている投資家たちの中には、話に乗りそうな連中もいるだろうけど……でもそいつらを説得するには、私たちの中の誰かが零元東夷を倒す必要がある。強い者にしか未来を決定する資格がないと、皆が思っているのだから」

二人が理解しているのを確認したら、欧風院は、

「そこで提案だ」

と切り出した。その内容は当然、エスタブである他の者たちにも容易に見当がついた。

「次のゲームで、皆で協力して零元東夷を潰そうというのか？」

「でも、それは今までだってやっていただろう。全員、零元をマークしていて、それでも彼はそれを易々とクリアした」

この指摘に、欧風院は落ち着いた調子でうなずきつつ、

「だから、彼を負かすことはこの際、諦めるべきではないかね」

と別の視点を提示した。

「……我々で別に、勝者をでっちあげようというのか？」

「でも、誰を？」

「そこが問題だな。我々は残念ながら、他の者をむざむざと勝たせることは性質的に難しい……しかし」

欧風院は肩をすくめた。

「我々の中で最もプライドが高かった米良美沙緒は、それ故に敗北した。もはやつまらない自尊心に縛られているのは害にしかならないのではないか」

「……それには反論しにくいな、確かに」

「それで、おまえを勝たせろというのか、欧風院」

「それを最初から決めておくのは無理だろう。勝負の場で、臨機応変にやらなければ」

祥伝社

文芸書　11月の最新刊

上遠野浩平

パンゲアの零兆《れいちょう》遊戯

KADON
KOHE

■長編小説■四六判ハードカバー
■本体1500円＋税

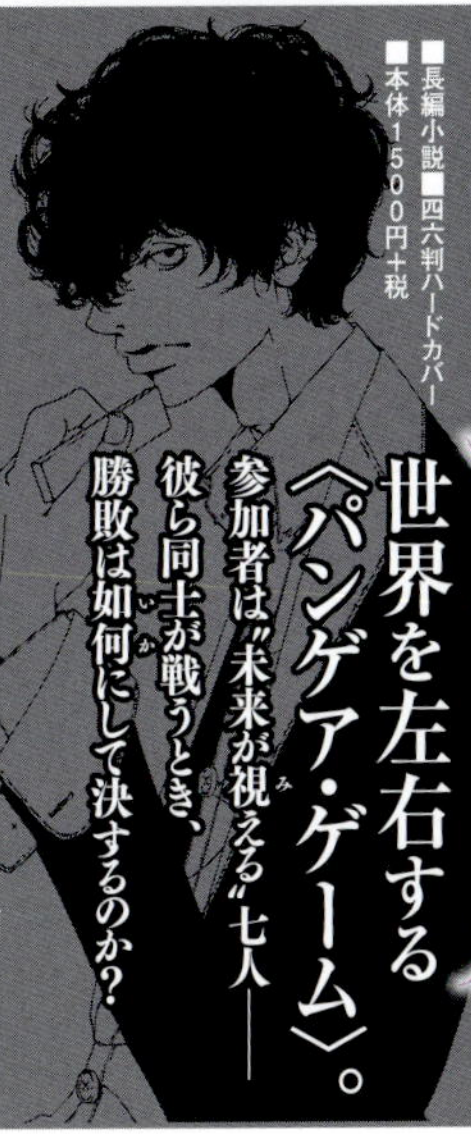

世界を左右する
〈パンゲア・ゲーム〉。
参加者は"未来が視《み》える"七人――
彼ら同士が戦うとき、
勝敗は如何《いか》にして決するのか？

画／ミキワカコ

ZERO trillion in PANGAEA

978-4-396-63512-1

『ブギーポップは笑わない
の著者が贈る、究極の頭脳＆心理戦

奥深～い世界、ちょっとのぞいてみませんか？

ときめきプロレス放浪記

コミッ
エッセ

澁谷玲子

■四六判ソフトカバー
■本体1200円＋税
978-4-396-63511-4

DDT　みちのくプロレス　DRAGON GATE
大日本プロレス　センダイガールズ
我闘雲舞《ガトームーブ》　一橋大学世界プロレスリング同盟
読めばわかるよ!　行けばハマるさ!
平凡な日常にラリアット!!!

里村明衣子選手＆カサンドラ宮城選手（センダイガールズプロレスリング所属）、推薦!!

時代　歴史　戦争　法医学　警察　……要注目の既刊!!

第155回　直木賞候補作
究極の天下人、一世一代の都市計画
家康、江戸を建てる
門井慶喜
利根川東遷、神田上水、江戸城築城、慶長小判づくり……
貧困、江戸を「東京」につなげた、
日本史上最大、驚天動地のプロジェクトが

7万部突破!
■連作歴史小説■四六判ハードカバー■本体1800円＋税
978-4-396-63486-5

天を灼《や》く
あさのあつこ
止まぬ雨はない。明けぬ夜もない。
少年は、ただ明日をめざす。
過酷な運命を背負った武士の子は、何を知り、いかなる生を選ぶのか？
画／スカイエマ
■長編時代小説■四六判ハードカバー■本体1600円＋税
978-4-396-63507-7
藤士郎＆左京が魅せる鮮烈な青春
新たなる代表作、ここに誕生！

圧巻！『仮面病棟』の著者が放つ、初の本格警察小説
発売即重版!
あなたのための誘拐
知念実希人
さあ、ゲームを始めよう。
警察を嘲笑《あざわら》った誘拐殺人犯《ゲームマスター》、再び。
因縁の警視庁特殊班《SIT》元刑事が
リベンジに挑む！
978-4-396-63505-3
■長編ミステリー■四六判ハードカバー■本体1850円＋税
©shutterstock.adobestock

WOWOWでドラマ化され、大反響を呼んだ第１弾に続く
シリーズ累計10万部!
迫真の法医学ミステリー・最新刊！
ヒポクラテスの憂鬱《ゆううつ》
中山七里
全ての死に解剖を
普通死と処理された遺体に事件性が？
修正者《コレクター》と名乗る人物のネットへの書き込みで、県警と法医学教室が大混乱！

978-4-396-63504-6
■長編ミステリー■四六判ハードカバー■本体1600円＋税

それは、遠き国の
画／永井秀樹
『神の棘』から6年……渾身の衝撃作!
また、桜の国で
須賀しのぶ
第二次世界大戦勃発《ぼっぱつ》。ナチス・ドイツに蹂躙《じゅうりん》される欧州で、
〝真実〟を見た日本人外務書記生はいかなる〝道〟を選ぶのか?
■長編小説■四六判ハードカバー■本体1850円＋税　978-4-396-63508-4

祥伝社
〒101-8701 東京都千代田区神田神保町3-3
TEL 03-3265-2081 FAX 03-3265-9786 http://www.shodensha.co.jp/
※表示本体価格および刷部数・記載情報は、2016年10月24日現在のものです。

「順番のクジ次第で変えるのか。零元東夷の前の者を敗者にするのが最も適切だが――」

「不自然に負けると、それこそ私たちが疑われて終わりだろ」

「そこは連携しなければなるまい。だが、どうせ零元東夷が強引な手を打ってくることは確定しているのだから、我々もそれに引きずられた風に見せかけるのはさほど困難でもないだろう――ところで」

欧風院はそこで、ここまでずっと無言だった最年少エスタブの丁極司に視線を向けた。

「君はどう考えているんだ、丁極くん。この提案に対する見解を聞かせてくれないか？」

「………………」

少年は無表情で、他の三人を見つめている。やがて彼は落ち着いた口調で、

「サーカム財団がパンゲア・ゲームを終了させて、新規のものに改変しようとしているのなら、僕らもそれに対応して、新しい状況に備えた方がいいんじゃないのか」

と言った。これには来栖と那未香もやや眉をひそめる。優等生的な正論である。しかし――

「それは未来を見通すエスタブらしくない、ひどく受け身の意見だよ、丁極くん」

三人を代表して、欧風院が諭すように言う。

「おそらくサーカムは淀んだ停滞が続く状況にしびれを切らして、市場を激しく掻き乱す劇薬として零元東夷を投入したのだろう。だがそれは先々のことを俯瞰《ふかん》で見られない短絡的な発想だ。しょせんサーカムも目先の利を多く稼《かせ》ぎたいという強欲さから自由になれなかったということだ。それに我々が従っていては、彼らとともに沈没してしまう。未来は他人任せではなく、我々

自身の手で切り開かねばならないんだ」

「別にサーカムが強欲であったのは今に始まったことでもない」

丁極は淡々と言う。

「それに次のスポンサーとして現れる者は、サーカムと同程度か、それ以上の強欲であることも疑う余地はない――でも、あなた方が何を目指しているのかは理解しているよ」

彼はうなずいて、

「いいだろう。協力しよう。仮に僕が次の勝負で零元東夷の前の番になったら、負かすように誘導してもらってかまわない」

とあっさり言った。拍子抜けするほどの手のひら返しだ。

（――他の三人にはかなわないと見切りをつけたのか？　しかしそれなら、どうして一度は反論したんだ？）

来栖は少年の態度に、なにか不自然なにおいを嗅《か》ぎ取ったが、だがそれでなにか不都合があるかというと、それも思いつかないので、それ以上は考えないことにした。混乱している場合ではない。とにかく目前の脅威である零元東夷に対抗するのが最優先であり、ここで争っている場合ではない――と来栖はそう思っていたが、ここで夏目那未香が、

「私は確約できない。その策に完全に乗り切ることは無理」

と言ってきた。そして、

「状況次第だ。私たちはこれまで、東夷に手玉に取られてきている。そもそも最初にわざとパス

を重ねて、あえて連勝を続けなかったことからして、今からみたらヤツの策にまんまと塡《は》められていた。あれで対応が遅れた。私たちが未来を読み損なったことは事実——その分の罰を私はまだ受けていない」

と不思議なことを言い出した。

「罰？」

と丁極が訊き返すと、那未香はうなずいて、

「私は明らかな勘の悪さでミスを犯した。その分の罰は受けなければならない。だから——もし私が零元東夷の前になったら、わざと負ける」

と言った。ひねくれた言い方ではあるが、要するにそれは、

「それは、結局は我々の案に乗るということだな？」

と欧風院が確認するが、これにも那未香は、

「だから確約はできない。そもそも現時点で私は何も決める気はない。決まっているのは罰を受ける必要があることだけ」

と、やはり訳のわからない言い回しで答えるだけだった。それ以上は欧風院も深追いせず、来栖に眼を向けて、

「君も考えておいてくれるな？」

と言ってきた。他に方法がなさそうではあるが、素直に認めると他の者に比べて単純な人間という感じになってしまいそうな雰囲気だったので、

「……考慮はしよう」

という曖昧《あいまい》な言い方にとどめた。

ここでエレベーターが到着した。なんとなく、来栖はその場に留まる気になれず、真っ先に乗り込んだ。

2.

「あの……東夷さん？」

亜季はおそるおそる、その暗い部屋の中を覗き込んだ。

とても広い。ここが都心の高層建築の中だとは思えないほどの広さだった。超がつく高級マンションの、その中でも最上階に近い最高値の部屋のひとつであるにしても、そこがあまりにも広く見えるのは、何もないからだった。

家具と呼べるものは何一つなく、本来ならばリビングやベッドルームといった風に空間を区切るはずの壁さえないため、建物そのものの広さがそのまま展開しているのだった。唯一の囲いは水廻りの部分で、そこだけ柱のようにぽつん、と孤立している。

これと似た風景を亜季は知っている。それは零元東夷を発見したあの違法建築の一室だった。あそこにも彼は何も運び入れずに、剝《む》き出しのままで過ごしていた。

そしてやっぱり今も、そのがらんとした空間の中で、零元東夷は身体を丸めて床に腰を直に下ろしている。

「………」

東夷はあきらかに声が聞こえているのに、無言で反応しない。亜季は仕方なく、彼の方に近寄っていく。この男を相手に遠慮していたら、いっさい話が進まないことはこれまでの経験からもわかっている。

「東夷さん——また書類を渡されたんですけど」

彼女が紙束を目の前にかざしても、東夷は受け取ろうとせずに、どこを見ているのかわからない目つきで、無言のままだ。

「………」

彼がパンゲア・ゲームに復帰してからおよそ三週間——零元東夷はずっとこの部屋にこもっている。食事は財団が用意して運んできているらしいが、特に注文もつけずに、出てきたものを素直に口にしているという。天才肌の潔癖症の者だと、薬物を混ぜられたりするのを極端に恐れて、確認できるもの以外は食べないとか色々あるものだが、そういうことは特にないようだ。食にこだわりがないとしか思えない。もしかしたらトイレに全部流しているのかも知れないが、だとしたら瘦《や》せ細っていくはずで、やはりただただ気にしないだけのようだ。

「あのう——この書類、また私が書くんですか？」

亜季がそう訊いても、彼は何も言わない。

「仕方ないから、この前のは私が適当に○×をつけたんですけど、なんか全然文句を言われませんでした。気がつかれなかったみたいで。ずいぶんいい加減なんですね、未来予測って」

「…………」

「こんなものを頼りに、世界中の偉い人たちがお金を動かしているんですか？　それでみんなは景気が良くなったとか悪くなったとか騒いでいるんですか？　なんだか――」

馬鹿みたいだ、という言葉を亜季は呑み込んだ。そこまで言い切ってしまっていいのか、と迷った。無駄に気持ちが攻撃的になっていて、あたりかまわず噛みつきたがっている。落ち着かなければ――と彼女が思ったところで、東夷が、

「おまえ、ここをなんだと思う？」

といきなり訊いてきた。虚を衝かれて、亜季は、

「え？　ええと――だから、東夷さんの家でしょう？」

と言うと、鼻で笑われて、

「こんなところに今まで住んでいたら、サーカム財団はもっと早く僕を見つけているだろう」

と言われた。亜季はカチンときたが、しかしその通りだとも思い、

「じゃあ、なんなんですか？　財団が用意したにしては、ずいぶんと待遇が悪いみたいですけど――」

あらためて閑散《かんさん》とした空間を見回していると、東夷が、

「ここは、みなもと雫が死んだ場所――つまり宇多方玲唯の隠れ家だった場所だ」

静かにそう言った。

「―――！」

　絶句した亜季に、東夷はさらに説明する。

「もちろん彼女が住んでいたときは、こんな風にがらんどうではなかった。彼女が死んだ後、色んな連中が少しでも彼女の特殊性を解明する痕跡《こんせき》が残っていないかと、根こそぎ調査しまくった結果、なんにもなくなってしまったということだ。ああ、流し台と風呂とトイレは僕が後からつけさせたから、そこだけは新築だ」

「………」

「どうだ、なにか感じるか？」

「………」

　問われても、亜季は返事ができない。彼女はショックを受けていた。それは部屋の妖気にあてられてのものではなかった。逆だった。彼女は既にこの部屋には何度も入っている。それなのにこれまで、一度たりともなにか気配めいたものを感じなかった。

（なにも……ない）

　それが彼女を打ちのめしていた。自分はあれほど宇多方玲唯のことを尊敬し、彼女の無念を晴らすためなら生命を懸けるとまで思い詰めていたはずなのに、しかし――彼女が死んだという場所にいても、なにもない。

　これは亜季が、宇多方玲唯のことをあれこれ追及する資格がない、ということになるのではないか――その認識が彼女を責め立てていた。

すると、くっくっくっ、という笑い声が聞こえてきた。ぎくしゃくと視線を向けると、東夷がにやにや笑っていた。

「なんだ、おい――幽霊を怖がっているというより、むしろ亡霊に取り憑かれないのはなんでだ、と怒っているみたいな顔をしているな?」

嫌味っぽくそう言われても、反論できない。押し黙っている彼女に、東夷はさらに、

「どうして僕が、この場所を指定したと思う?」

と訊いてきた。亜季がやはり何も言えないでいると、彼は足下に置かれていた皿からフライドチキンを一つ取って、口の中に入れる。ろくに嚙まないで呑み込んで、ペットボトルの水で喉の奥へと流し込む。ぷふう、と一息吐いてから、言う。

「それは確信があったからだ。ここには何もないということを」

「え……」

「おまえだけじゃないんだよ。僕だってなんにも感じない。他の奴らも誰一人として何も感じることができなかった。もちろん地縛霊がどうたらって考え方がそもそも迷信だという事実もあるが、それと人が受ける印象というのはまた別の話だ。ここで人が死んだと言われれば気味が悪いと思って、ありもしない影を部屋の隅に見たりする。しかしここには、そういうものさえない。何も感じない。空っぽなんだよ」

「…………」

「宇多方玲唯は、そういうものを全部どこかへ持っていってしまった。一緒に巻き込まれて死ん

だ男の情念さえ欠片《かけら》も残さずに、根こそぎにしていった」

「…………」

「僕はそれを読んでいた。だから、この空間こそがパンゲア・ゲームに挑むために集中できる、余計な雑音をシャットアウトできる最適の場所だと選んだのさ」

　東夷はそう言って、またチキンを口の中に放り込んだ。今度は大きすぎたらしく、もにゅもにゅと顎を大きく動かして咀嚼《そしやく》する。しかし音は一切外に洩れないので、まるで食事のジェスチャーをしているようにも見える。どうも生命活動としての実感に乏《とぼ》しい食事風景だった。

「…………ですか？」

　亜季が小声でぼそぼそと言った。東夷がそれに無反応なので、亜季はさらに気力を絞り出して、声を大きくして言い直す。

「未来を読むって——どういう感じなんですか？」

　それはひどく乱暴な問いかけだったが、今、彼女が受けている精神的ダメージを減らすには、彼が感じているというイメージを少しでも共有するしかないと思った。理解できようができまいが関係ない。とにかくずるずると滑り落ちてしまいそうな絶望の中で、摑まるための手がかりが欲しかった。

　東夷はまたペットボトルの水を飲んでから、亜季の顔を正面から見つめ返して、

「おまえは何をしている？」

と実に漠然《ばくぜん》としたことを言った。亜季が、

「何もできていないです」

と苦い表情で言うと、東夷は心底馬鹿にしたような調子で首を左右に振って、

「ああ、ああ――違う違う、そんな下らない自己啓発っぽい間抜けなことを訊いてるんじゃない。おまえは今、僕と話しているんだろう」

と当たり前のことを言ってきた。なんと返していいかわからなくて黙っている亜季に、彼はさらに、

「どうして僕と話をしようと思ったんだ？　ああ、いや、どうせ何も言えないだろうから答える必要はない。おまえが話をしようと思ったのは、話しかければ僕が反応するということを知っていたからだ。つまりおまえは、その未来を読んだんだ」

「…………」

「そう、誰でもやっていることだ。こうなるだろうと思って行動する。そしてほとんどの場合その通りになる。成功率は九割以上だ。仕事に行けば会社が活動している。学校に行けば授業がある。日常生活はその繰り返しでその未来予測が外れるのはごくごくまれなことだ。だから予測が当たったことは次々と忘れていく。記憶に残るのは失敗したときだけで、だからみんな先のことはわからないと思っている。しかし人間が生きているということは、それだけで未来を読み続けていることでもある」

「…………」

「未来を読むことは特別なことでもなんでもない。誰だってやっていることだ。おまえが読めな

いと思っているのは、突発的に起きた宇多方玲唯の死を予測できなかったからだが――しかし、逆に言えば、おまえにはもうそれ以上のことがない」

「…………」

「何が起こってもおかしくないし、どうにでもなると思っている。だから僕のところにも一人で来たし、勧誘できたし、結果、パンゲア・ゲームへ介入することもできている。この未来をおまえは既に予測していた。だからできた」

「…………」

「おまえはもう知っているんだよ、未来を読むことを。おまえだけじゃなくて世界中の誰でも本当は知っているんだ。しかし今のおまえのように、無理に自分の都合のいい未来を引き寄せたくて、その感覚を乱しているんだ。こうなったらいいな、という気持ちが強くなりすぎて、こうなるだろうという感覚を見過ごしたり、失敗したときの恐怖に耐えられなくて、どうせうまくいかないと最初から思い込んで、自ら扉を閉ざしたりする。未来なんかどうせ読めないと割り切って、不安を押しつぶせると思っている……だがそんなことは不可能だ」

「…………」

「人間は生きている限り、ずっと未来を読み続けるしかない。それに自覚的であるかないか、エスタブと普通人を分けているのは、つまるところその認識にすぎない」

「…………」

「既に知っていることをわざわざ人に訊くな。時間の無駄だ。わかったな？」

東夷はそう言って、また食事に戻る。亜季はそれを無言で見つめていたが、やがて、

「……全然わかりません」

と言った。そして東夷が何か言う前に、さらに、

「あなたがどうして十年間も、パンゲア・ゲームから離れて隠遁《いんとん》していたのか、その理由が全然わからない以上、私は、あなたに頼っている自分の未来なんて、これっぽっちも読めません」

と強い口調で言った。すると東夷はさらに、はん、と馬鹿にしたように鼻を鳴らして、

「おまえの未来、などというものはない。未来とは全員に共通している、冷徹な時間の流れ——それだけだ。個人に別々に用意された未来などない」

と断言した。

「ないものは読めない。自分がどうたら、とかこだわっている間は、本当の未来など決して感じることはできない」

もう東夷は、亜季の方を見もしない。どう考えても、書類を受け取って記入してくれることなどありえないだろう。そのことだけは感覚がどうのとか気にしなくても、明確に理解できた。亜季はもやもやと混濁《こんだく》した想いを抱えながら、きびすを返して出口のエレベーターの方へと歩いていった。

するとと背後から、投げやりな口調の、

「そうそう——サーカムの連中に、そろそろ〝奴らが動く〟と伝えておけ」

という声が聞こえてきた。振り返ると、東夷は床にごろんと横になっていて、彼女に背を向け

ていた。

（動く──他のエスタブたちが？）

亜季は背筋が凍るような気分になった。そう、それは──他の連中が結託して、宇多方玲唯を追い詰めたという状況の再現なのではないか、と思えたからだった。

3.

二連敗した米良美沙緒が規定の三連敗での強制引退を待たず自ら脱退したために、ゲーム参加者は六名から五名になっていたが、エスタブ認定された新規参加者は追加せず、そのままで続行されることになった。この発表は事前に行われることはなく、プレイヤーたちも当日、現場の座席数だけで知ることになったが、そのことに驚きとか動揺を見せる者は誰もいなかった。

（やはり──サーカム財団がパンゲア・ゲームをいったんリセットするつもりでいるのは間違いない。欧風院の読み通りだ）

来栖真玄はちら、と他の者たちを見た。全員すました顔をしているが、零元東夷だけは、どこか眠そうな顔をしているように見えた。とろんとして、焦点の定まらない眼をしている。

（まさか──もう飽きている、とかじゃないだろうな）

簡単に倒せる相手しかいないから、退屈だとか考えているのだろうか。だとしたらそれにどう反応すべきなのか。

（これ自体が挑発的態度で、作戦だということも考えられる——それとも逆に、本気でそう思っていて、油断しているのだとしたら、それはそれでこちらにつけいる隙があり、歓迎すべき状態でもある——ううむ）

来栖は自分が怒って闘志を燃やせばいいのか、冷静でいればいいのか、それさえも決めかねていた。

もちろん表情は平静を保っていて、その揺れは外に出ることはないのだが、最終的な焦点をどこに合わせるべきか——ぎりぎりまで待つしかないのも事実だった。

「さて——順番を決めましょうか」

丁極司のリードで、全員が順番のカードを手にした。そして一斉に表に返す。

「…………！」

その結果を見て、来栖は思わず呻きを洩らしていた。

一番目は丁極。

二番目が来栖。

そして三番目が——零元東夷だった。

（こ、こいつは——）

よりによって、このタイミングでこの番目が来た——本来ならば、東夷から直接的な負けをもらわないですむ立場だが、この前のあの談合が有効であるならば、彼は今……

（わざと負けなければならない——）

という状況なのだった。

さらに四番目は欧風院修武で、夏目那未香が最後だった。

（こ、こいつは――）

来栖は判断に苦しんでいる。あの不正を提案してきた欧風院は、本来ならば零元東夷の次で絶望的な番目であるはずだが、共謀が実現すれば九死に一生を得ることになる。このことを予想していたのなら、来栖に負けを押しつけてきたに等しい策略である。

（だが、そこまで読み切れるものか？　自分が次に零元の標的になるという確信など、持てるものか？）

偶然にこうなったというのなら、来栖はわざと負けることを放棄できない。どっちにしろ追い詰められているのだから。しかし、よく考えてみれば、二人が脱落した、その直前に負けているのは彼なのだ。

（いなくなった連中を計算から外すと、私は連敗したことになってしまうのでは？）

新しく別のスポンサーをつけてゲームを興《おこ》すという計画が実現したとして、その中で来栖に居場所はあるのか？　もっとも存在感のない弱者としてしか扱われないのではないだろうか。

（嵌められたのか？　それとも――）

勝負までには覚悟を決めるはずだった来栖は、逆にますます混迷の闇にずるずると引きずり込まれていく自分を止められなかった。

それでもゲームは、嫌でも開始されてしまう。

全員が席に着き、タワーが固定から解放されて、スタートを告げる鐘の音が鳴り響く。

「──────」

一番手の丁極は、複数のピースを一度に動かすという東夷流の手をいきなり打ってきた。しかしもちろん決定的なまでに追い込むほどではない。

(これはどっちだ。これまでの勝負を振り返れば、自然なような気もする。対応しているという形ではある──もちろん私を負かそうとしている風でもある)

迷いつつも、手を打たない訳にはいかない。来栖は複数のピースを動かしながらも、状態を中《ちゅう》庸《よう》に戻しているようでもある、なんとも中途半端な手しか打てなかった。

(い、いや──いくらなんでも二手目でいきなり負ける訳にはいかないのだから、これはこれでいいはず──次の東夷がどんな手を打つのか、見定めてからでも遅くはないはず。うん、ミスはしていない──)

自分にそう言い聞かせながら、来栖は身体をタワーから離した。

「………………」

東夷は自分の番が回ってきても、すぐにはタワーに手を伸ばさない。

相変わらずの、どこか眠そうな眼をしている。そして他の者たちを全員、一通り見回して、

「なるほど、確かに──隠し事だけはうまいんだな……」

と苦笑気味に言った。そして手を伸ばすと、ピースをひとつだけ、無難な形で動かして、そこで身を離した。

これまでに見られない、ひどく保守的な手であった。

（なんだ……？）

来栖はさらに動揺を深める。これではピースを複数動かした丁極と彼が間抜けにみえる。もしや既に彼らの作戦を読み切っているのか？

（だとしたら……どうする？）

4.

（ふん……）

欧風院修武は、東夷の行動に一切の動揺はない。そうするだろうと読んでいて、それが的中している。

（とにかくこの男は、人に定義されるのを嫌う……こうするだろう、と思われていることの逆をやりたがる。昔からその性格は変わっていない。他のエスタブたちはヤツのそういう態度を戦略だと思っているだろうが、私は知っている——単にそれは、ヤツが〝そういう人間だから〟というだけに過ぎないことを。挑発されれば乗らず、安心されると急に激発する——常に逆張りをしたがる、それが本性）

十年前と何も変わっていない。成熟したり進歩した形跡がない。顔も同じで、多少痩せたかなというくらいである。

（十代の頃と比べても、ほとんど老《ふ》けて衰《おとろ》えた感じがないのが唯一のプラスか——その程度だ）

欧風院は落ち着いた動作で、ピースをひとつだけ動かした。全体に何の影響も与えない無難極まる一手であった。

次の夏目那未香も、似たような手を打って終える。

再び番が回ってきた一番手の丁極がどうするかと思われたが、やはり無難な手をひとつ動かしただけにとどめた。

こうなると来栖は動きようがない。わざと負けることもできずに、ピースをひとつだけ移動させて終わる。

零元東夷も、さっきとまったく変わらない調子で手番をすませる。

場は、これまでの激しく局面が動き回るものからずいぶんと静かなものになっていた。

（これも予想通り——）

欧風院は事態がすべて自分の手の内にあることを確認する。

（丁極と来栖は、私の提案に引っ張られて動きが取れない。来栖はいざとなったら自分が負ければいいだろうと投げやりになっているから、今回は完全に死に体で、自分の思考などまったく働いていない。丁極もそれに流されて判断保留がえんえんと続くだけ。夏目は焦点を東夷に合わせているから、ヤツが動かない限り何もしない——場は重くなる）

そのことが、欧風院には最初から読めていた。そうなるように誘導したのだった。

重たい場こそ、欧風院の独壇《どくだんじょう》場だからだ。

　彼はいわゆる、険悪な空気とか、沈んだ雰囲気というものが好きなのである。色々な状況が重なって、にっちもさっちも行かずに全員が気まずい顔をして黙り込んでいる……そんな環境にいると、とても心が休まるのだった。

　これは、欧風院の生まれに由来している。彼はもともとは名家の生まれであり、裕福な環境で育つはずだった。だが彼が物心つくかつかないかというところで家は没落、一家は莫大な負債を抱えながら夜逃げを重ねて生活した。いつ借金取りが来るかとびくびくしながら暮らしていた。

　そんな中で、しかし彼だけは家族の中で平然としていた。彼は両親や兄弟たちが困っているのを見ながら、同時にこの頃から観察と研究を始めていたのだ。

　それは人が破綻する、その瞬間を見極めるという研究だった。

（人間の心というのは、常にヒビ割れていくガラスのようなもの――一度亀裂《きれつ》が入れば決して回復せず、そのヒビ割れが重なっていった果てに、破綻する――）

　その事実を彼は幼少時から完全に把握していた。

　父親の機嫌が突然に悪くなり、怒って子供たちに暴力を振るうとき、彼はその寸前に父の心の破綻を予測し、そこから逃れることに成功していた。そして破綻を重ねるたびに、人の心はどんどん鈍っていくことも理解していた。

（人は心というのはなくならないもので、考えるのはタダだと思っている……だがそれは誤りだ。心には限りがあり、基本的には消耗品《しょうもうひん》なのだ。限界が来れば、以前にできていたことが不可能になる。そしてそれに気づけないとき、人は容易に破綻する）

そういう感性から見えるこの世界は、いたるところに破綻が転がっている無秩序《むちつじょ》な荒野に等しかった。彼はそれを利用して、親を追い立てていたはずの借金取りに取り入って、中学生の頃にはもう株取引などで一財産を築いていた。

彼が行うのは当然〝狙った先が破綻する方に賭ける〟取引ばかりである。彼は十三歳の頃にはもはや個人のみならず、集団を相手にしてもその破綻が読めるようになっていた。そしてその頃には、あっさりと家族を切り捨てていた。彼らは限界を迎えており、もはや展望がないことが明らかだったからだ。

(すべては破綻する。それは避けられないこと。だから世の中の勝負というのは、本質的には我慢比べになる——私の縄張りだ)

誰かが破綻するのをひたすらに待ち続けることは、彼にとっては息をすることに等しい。他の者たちは皆、自分が破綻するかも知れないという恐怖に震えているとき、彼はひたすらに相手に入っていくヒビ割れを観察し続けているのだ。

(零元東夷、それはおまえも例外ではない。おまえは単に、勝負を焦っているだけの、破綻に直面する勇気のない臆病者だ。技術はあっても、それを支える精神力が欠落している。十年あればできたはずの蓄積がまったくない以上、おまえの心のガラスは曇《くも》ってしまっている——細かい傷まみれで、すぐにでもヒビが入るぞ……)

単に逆張りをしたいだけの天邪鬼《あまのじゃく》な性格が生命取りになる。それは才能を磨くのに絶好の思考だったかも知れないが、長期戦となると乱れが生じる、それは欧風院には手に取るようにわかっていることだった。

彼はピースをひとつ手にして、タワーの上に積む。実につまらない手であり、重たい進行だった。

5.

（……やはり欧風院は重い手をあえて選択して、勝負を長引かせたがっている……）

彼の次に手が回ってきた夏目那未香は、とても不快な気分にとらわれている。

（欧風院は、最年長である自分が次にサーカムに落とされる対象になることを予想していたのはもう間違いない。その上で彼は私たちにあの談合を持ちかけてきたのだから。しかし彼は今、この勝負に勝とうとも思っていない……）

彼が勝ちを狙っているなら敗者は那未香になるが、その気はない。彼の標的はあくまでも零元東夷である。

（この勝負が始まってからずっと、彼は零元東夷を見ていない。これは彼への並々ならぬ敵意、もしくは嫌悪《けんお》を表している。それはおそらく……恐怖だ）

この場の誰よりも、欧風院は東夷を怖れているのだ。しかし、この場合……

（私は、人をその感情で観《み》る——人々がどういう気持ちでいるのかを察するのが、私の感性。その直感が告げている——欧風院は、自分が恐怖にとらわれていることに気づいていない。無意識

でしかない）

欧風院は彼にしかわからない、独特の感性が導くものによって、東夷を怖れている――だがそれを自覚できていない。その矛盾は何に由来するものなのか、そこまでは那未香にはわからない。

（不明点が多すぎる――おそらく皆は零元東夷に注意を集中させているんだろうけど、私は今回はやめだ。様子見に徹する。誰にも味方しない――）

彼女もまた、無難な手を打つだけで番を終える。次の丁極も、その次の来栖も同様である。

そして東夷に回ってきたが、彼はずっと眠そうな眼をしたままで、ぼーっ、としていて、自分の番だということにさえ気づいていないように見えた。だが制限時間ぎりぎりになって、何の意味もない手をだらだらと打って、とりあえずゲームに参加しているということを示した。

＊

……これがそのまま、七回も続いた。場はひたすらに重たく、変化に乏しく、観戦している者にはつまらない展開だった。

「おいおい、これでは以前と変わらないな」

ハロルドはモニタールームで不満を口にして、亜季に向かって、

「零元東夷に何かあったのか？　どうもやる気をなくしたように見えるが」

「ええと……」

亜季は困惑していた。それは東夷の態度のみならず、エスタブたちの様子に違和感があったからだ。

「あの……他の連中は、以前はあんな感じだったんですか？」

「ああ。どうにも動きのないゲームが続いていてな。あの頃に戻ってしまった。東夷も自分のペースを見失っているんじゃないのか」

「………」

亜季はモニターを睨みつけつつ、ますます混乱する気持ちを膨らませていく。

（おかしい……こんなはずはない……こんなことで……？）

こんなことで宇多方玲唯が死ぬだろうか、と亜季は今さらながらにそう感じていたのだった。

いや、わかっている。それを言うならそもそもこんなくだらない積み木崩しゲームに世界経済が左右されているということ自体がおかしい。そういうことではない。そうではなくて、なんというか……。

（あの四人——東夷以外のエスタブたちは、今——本当に真剣なの？）

だらだらと時間を引き延ばしているだけの、こんなものが真剣勝負の場だというのだろうか？

（玲唯さんは、こんなことで死ぬような人だったろうか。こんなことをされたぐらいで消耗する人だったろうか——）

その疑念がふつふつと湧き起こってきて、抑えられない。迷いは判断力を狂わせると思いはするのだが、しかしやめられない。それは玲唯を特別視したいという自分の欲によるものかも知れないが、それにしても違和感は違和感である。これならまだ、彼女が叩きのめしてやった露木輿士朗の方が必死だったように思う。

（でも――）

彼女がぐしゃぐしゃと思い悩んでいると、ハロルドが横から、

「おい？」

「あ――はい、なんでしょうか？」

「いや、だからどうして零元東夷のペースが乱れているのか、と訊いているんだよ」

「いや、それは違います」

彼女は、自分でも全然意識しないうちに、即答していた。

「なにが違うんだ？」

当然ハロルドが訊き返してくる。これにも亜季は、

「東夷はペースを変えていません。同じです」

と答える。ハロルドは眉をひそめて、

「しかし現にだな、彼の手は鈍っているんだが。ピースも一つずつしか動かさないし、他の者を揺さぶりもしない。何もしていないじゃないか」

と言い返す。ここで亜季は、ああ、と気がついたような顔になり、

「そうか、そういう風にも見えるんですね」

と少し意味不明のことを言い出した。ハロルドが首をかしげると、亜季はうなずいて、

「彼は読んでいるだけです――先を見切っていて、もう狙いがついている。だから動いていないように見えるんです」

6.

「それにしても、零元くん――君はこの十年、何をしてきたんだい？」

欧風院は余裕が出てきて、自分の手番のときにそう話しかけてみた。

「私は、君はてっきり何か大きな仕事を自分の力で果たすために、あえてサーカム財団から離れたものだとばかり思っていたのだが……どうも噂をその後、ぱったり聞かなくなってしまったからねえ。いったい何をしていたのかな？」

揺さぶりを掛けるのが目的なので、別に返事は期待していなかったが、ここで東夷はあっさりと、

「おまえには理解できないことの準備をしていたんだよ」

と答えた。これには他のエスタブたちもぴくっ、と反応し、

「準備？　なんの準備ですか」

と最年少の丁極が代表して訊くと、これには東夷は、

「だから、理解できないと言っているだろう。話しても無意味だ」

とつれない。しかし丁極はなおも、

「理解できないかどうかは、あなたに決められるものでもないでしょう。僕らは言ってはなんですけど、相当に世界中のことには詳しいですからね。なんだったら、協力することもやぶさかではないですよ」

と距離を詰める。こういうときは少年である丁極の、あどけなさを装《よそお》った無遠慮な態度が武器になる。言い返すのもストレスだし、無視するのもストレスになる。だが東夷は実に簡単に、

「理解できない、というのはこれが個人的な問題だからだ。ソーシャルなものではない、パーソナルの次元の話だ。だから理解できない。他の誰にも」

と答える。これには他のエスタブたちはやや呆れ顔になり、

「なに？　個人的な問題だって？　そんなものに十年もかかったの？　山ごもりの修行でもしていたっての？　その割には全然、悟りを開いている感じもしねーけどな」

と那未香は嫌味っぽく言いながら、ピースを一つだけ動かした。

「僕はまだ人生経験が少ないので、その辺は想像するしかないんですがね……」

自分の番が回ってきたので、丁極はピースを手に取りながら、さらに訊く。

「それってなんらかの精神的ショックから回復を図《はか》っていた、みたいな話なんですかね。失恋でもしましたか？　それとも恋人と死に別れた？　もしかしてあなたが生瀬亜季さんに肩入れするのは宇多方玲唯の仇討ちをしたい彼女に、その辺で共感するものがあるからですか？」

ピースを持っている間は、時間切れにならないので、丁極はそれをタワーの上に載せようとも

せずに、東夷の方をまっすぐに見つめてくる。東夷は彼を見つめ返さずに、静かに、

「違う」

と素っ気なく否定した。丁極はため息を、ふーっ、と大袈裟《おおげさ》についてみせて、

「なんだか絡み損ですね。反応が薄いなあ。でも嘘をつかれているって感じでもないんだよなあ……どうなんだろ」

とぶつぶつ言いながら、やっとタワーにピースを置いた。

来栖は何も言わずに、自分の番をそそくさと終えて、東夷に回す。

東夷がタワーに手を伸ばしたところで、また欧風院が、

「つまるところ、君はその準備とやらを終えられたのかね？　それとも失敗したから、しょうがなくてパンゲア・ゲームに復帰したのかな？」

と質問した。明らかな挑発であり、喧嘩を売っている。

（現時点で、場は充分に重たくなっている。既に東夷は機を逸している。そろそろ念押しをして、ヤツの破綻を引き出してやる――）

東夷は何よりも他人の後塵《こうじん》を拝することを嫌う性格。自分の失敗を絶対に認めない。ムキになって頭に血が上り、冷静さを失う――自滅する。

（他の連中までペースを合わせてくれている今こそ、ヤツを追い立てる絶好のチャンスだ。さあ、切れてしまえ――）

欧風院が猛禽《もうきん》類の眼で東夷を睨み据えたとき、その獲物《えもの》の方は、ふとタワーから視線の焦点を

外して、

「――ふっ」

とかすかに笑った。それは不思議な笑みだった。ここにいる誰にも向けられていない、どこか遠くの何かを笑ったような、投げやりで退廃的な微笑だった。

ぬ、と欧風院は心の中で歯がみした。まだ粘るつもりか、と思った。東夷が冷静に手番を終えたので、彼も淡々と流す。

7.

……そうして、そこからさらに一時間以上、何も起きなかった。バランスが崩れそうになると、次の者がそれを埋めるような手を打つので、タワー自体もほとんど形に変化がない。数手でぐらぐら揺れだしていたこの前までの戦いが嘘のようだった。

（ええい――誰か何かしないのか）

と焦っているのは来栖真玄である。彼は何度か負けるチャンスがあったのだが、わざとらしさを避けたい気持ちが勝ってしまって、何もできなかった。それに、彼がつい中途半端な手を打ってしまってタワーが乱れそうになっても、東夷がすかさず安定を取り戻してしまうのだ。

（零元東夷は何を考えているんだ？　サーカムは場を荒らしたくてヤツを呼び寄せたのだろう？　だったらこの状況、ヤツは大いに財団からの評価を落としていることになる。役立たずだと思われているはずで、そのことを負けず嫌いのヤツが受け入れられるとは思えないんだが――）

　東夷を観察しても、彼はずっと眠そうな眼をしていて、覇気というものが感じられない。この勝負を捨てていると言われたら、納得してしまいそうだった。

（くそ、ヤツを負かすことができるのは今回、私だけだ。ここはあえて勝負に出てみるか。ぎりぎり十秒以内に崩れないくらいにタワーを傾けさせて、ヤツに選択を迫るべきなのでは――失敗しても、わざと負けられることにはなるんだし……）

　と思っているのだが、実際に番が回ってくると何もできずに流してしまうのだった。

　そうやって、また一時間が過ぎた。もはや完全に膠着《こうちゃく》状態であり、このまま引き分けで終わってしまうのか……と思われた中で、零元東夷が、

「ふわ、ふわあああ……っ」

　と大きなあくびをした。それから唖然としている他のエスタブたちに向かって、

「そろそろいいだろう……おまえたちにもわかってきた頃だ」

　と言った。誰も何も返事ができないでいると、彼はさらに、

「限界だろう？　もう何も打つ手が思いつかないだろう？　そこの彼も」

　と来栖を指さして、うなずく。

「ここまで来てはわざと負けるという作戦を選択することもできない。今さらそれをやったら、ほんとうに世界中の誰からも認められなくなってしまう。もはやあらゆる策は行き詰まった。おまえたちが現在のパンゲア・ゲームでできることは何もない」

一人一人に向かって、いちいちうなずきかける。

「そして、もう充分だ……重たい場とやらの緊迫感、人の心を圧し潰すプレッシャー、そういったものの最大の敵がもう、おまえたちには忍び寄っている。それがなんなのか、わかるか？」

「…………」

「それは〝退屈〟だ。人はそれがどんなものであっても、長く続きすぎてしまったものに対して一様に〝飽きて〟しまうものだ。それが集中力を途切れさせてしまうとわかっていても、飽きることをやめられないのが、人間――この場はとっくの昔に、退屈に支配されている。もうおまえたちは、この勝負を半分以上投げている――ただ一人を除いて」

と、東夷は最後に欧風院修武にうなずきかける。

「おまえだけは飽きていない。集中力が切れていない。しかし、それがおまえの限界だよ」

「…………」

「おまえの得意技だ。ひたすらに待って誰かの破綻を期待するというのは。しかし残念ながら、おまえはひとつだけ見逃している。人は破綻にさえ、いずれは飽きてしまうということを」

「…………」

「おまえはどうやら楽しみすぎたようだ……他人が破綻していくことを観察するのを面白がりすぎた。だから気がつけなかった。別に人を破綻させたところで、そこで終わりになるとは限らないということに」

「…………」

「おまえがもっと早く、それこそ子供の頃に破綻に飽きていたら、あるいはこんなことにはならなかったかも知れない――だが、手遅れだ」

「…………」

「さて、おまえの集中力は切れていない。正確には切ることができない。ずっと勝負のプレッシャーを受け続けている。しかしもう、他の者たちは勝つということに気を取られずに、ただただ惰性《だせい》で場を流していくことができる。果たして、おまえはその中でも我慢し続けることができるかな？」

「…………」

欧風院は無表情だった。他にどんな表情を浮かべたらいいのか、自分でもわかっていないのだった。

東夷はタワーに手を伸ばして、ピースをひとつ手にして、上に載せる。しかしここで、やっと彼はこれまでとは異なる行動に出る。もうひとつピースを取って、上に載せる。二つ動かした。そこで終わり、また順番が他の者たちに回っていく。そして東夷のところで、今度は三つ動かした。

（ま、まさか……）

皆は理解する。東夷が次の番では四つ、そしてその次では五つ、と動かすピースをどんどん増やしていくにつれ、彼が何をしているのか納得する。

見せつけている――このパンゲア・ゲームの危険性を、あらためてベテラン参加者のはずの連中に。

これは相手のミスを待つようなゲームではない。

誰かが勝手に自滅するのを期待するゲームではない。

安全を確保して逃げ場を用意しておけるような甘いものではない。

常にリスクを積み重ねていって、それを切り抜けていける者だけが、ここに座っていられるのだ。

そのことを忘れて、談合に逃げたり、挑発で相手を揺さぶろうとするような姑息な手に頼る者は、そもそも資格がない――東夷の行動はそれを示しているのだった。

どんどんリスクが積み上がっていく――東夷の番が来るたびに、動かされるピースは増加していく。他の一つずつしか動かせない者たちは追い詰められていく。その中でももっとも危険なのは、当然――

(欧風院修武――彼は逃げられない)

彼の隣の夏目那未香にまで、その重圧が伝染してくるようだった。

(彼は墓穴を掘ってしまった――自分が最も得意な重たい場が、一転していつ堤防が決壊するかわからない洪水の脅威に変わってしまった――私も、彼の次ということで危険なのは変わりないが、正直、今負けても仕方がないという割り切りがある。そう――もう飽きてきて、どうでもいいや、って気持ちになっている……しかし、欧風院だけは)

彼だけは、そういう切り替えができない。

これを始めた彼は、既にぬかるみに腰まで浸《つ》かってしまっている。

（彼は今、何もできない――せいぜい他のヤツが、それこそ来栖真玄あたりが自滅してくれることを期待することくらいしかできないが、その来栖はとっくに勝負から離脱している。動いているのは今、東夷と欧風院だけ……打つ手がないのに、破滅だけが迫ってきている）

彼はこれを本能的に察していたから、零元東夷を無意識に恐怖していたのか――自分が拠って立つ足場のすべてが、あの男によって崩されることを。

（しかし、らしくない――逃げることもできたはず。どうして真正面から当たるようなことを？）

那未香には、そこが妙に腑に落ちないのだった。

8.

そして、それは当の本人である欧風院自身も同じだった。

（なんなんだ、おかしい、何かがおかしい……なんでこんな読み違いが生じたのだ？）

彼としては計算に狂いはなかったはずだった。これまでの経験からいって、今回彼が破綻する可能性は限りなく低かったはずだった。それがどうして――。

（何を見落としていたんだ？　私はヤツを侮《あなど》っていたのか？　そんなはずはない。ヤツが十年前から変わっていないことは知っていたし、対策も充分だったはず――ヤツが今回、切れないはずがなかったのに、どうしてこんなにしぶとさがあるんだ？　これは零元東夷という個性に反している——個性？）

彼はぎょっ、となって東夷のことを見た。彼の冷たい横顔を。

（同じ——十年前と同じ顔——まったく同じ……そう、同じすぎる……）

ここで欧風院は、初めて自分が無意識に感じていた恐怖を自覚した。それは勝負に追い詰められているとか、そういう現実的な恐怖ではなかった。もっと原始的で、子供が暗闇を怖れるような、シンプルにして根深い恐慌《きょうこう》だった。

「う、うう……」

彼が呻いている間にも、東夷は十個のピースを動かして、欧風院に番を回してくる。

「さあ、おまえの番だ——手を出せ」

東夷に促されても、欧風院は反応しない。できない。彼は混乱した表情と濁《にご》った眼で東夷のことを睨みつけながら、立ち上がった。

「ど、どういうことだ——おまえは誰だ⁉」

そう絶叫して、欧風院は突然ここで錯乱《さくらん》した。

いきなり懐《ふところ》に手を入れたかと思うと、そこから小型拳銃を引き抜いて、東夷に向けた。

「——っ⁉」

他のエスタブたちは驚いて、席から離れたが、東夷だけはテーブルに着いたまま、相手の方を見もせずに、

「おまえの番だ——三十秒以内にタワーに触れないと、負けだぞ」

と淡々と言う。その言葉が耳に入っているのかどうか、欧風院はさらに、

「な、なんなんだそれは——おまえの破綻が観える……ヒビが入っている……確かに入っている……落ち着いたフリをしているが、はっきりとわかる……だが、そんな馬鹿な。そんなはずがない……おまえの心のガラスが、そんなに透明なはずがない……しかし、ヒビだけが深い。深すぎる……そんなに破綻していたら、おまえはもう、とっくに……」

と譫言《うわごと》を繰り返す。拳銃の銃口はぶるぶると震えている。

「二十秒——」

東夷は淡々と、カウントを告げる。

「い、いったいなんなんだおまえは？　何をしに来たんだ？　ここにはおまえを癒《い》やすものなど何もないはずだ。ヒビをさらに深くして、それでどうしようというんだ？」

彼の言っていることはおよそ意味不明で、彼以外の誰にも理解できそうになかった。彼の独特な感性だけが、その論理を成立させているのだった。

「宇多方玲唯の仇討ちだと？　馬鹿な——あの女なんかよりも、今のおまえの方がよっぽど破綻している——今の、おまえ——今の零元東夷——今の……誰だ？」

「十秒——」

「おまえは誰なんだ？　正体を現せ！　こ、この——このバケモノが……！」

拳銃の銃口の震えが止まる。東夷の頭部に、ぴたりと狙いが定まる。他の者たちが思わず息を

呑んだその瞬間でも、東夷はただ静かに、

「五秒――三、二、一――」

ゼロ、と言って、ここでやっと彼は相手の方を振り向いて、

「おまえの負けだ」

と告げる。その眼を正面から覗き込んだ欧風院は、おう、と声とも呼吸ともつかぬ異音を口から発して、そして、

「ああ……負けか」

と妙に落ち着いた調子で言って、そして拳銃をくるり、と反転させて、自分の側頭部に向けて、撃った。

ぱあん――というどこか乾いた音が響いて、血飛沫《ちしぶき》と共に欧風院の身体は倒れた。

「…………！」

絶句している他の者たちに対して、あくまでも冷静に東夷は立ち上がって、そして欧風院の傍《かたわ》らに腰を下ろして、手を取って、拳銃を取り上げると、

「口径が小さすぎるよ、修武――これじゃあ死ねないな」

と言った。そこに警備の者たちがやっと部屋に駆け込んできた。彼らに向かって東夷は、

「ああ、動かすな――救命班の方をここに呼んで、処置を受けさせろ。心臓も止まっていないから、まだ間に合う。多少後遺症は残るだろうが――前頭葉が無事だから、情報分析者《ぶんせき》としてはまだまだ使えると思う」

と命令すると、他のエスタブたちに向かって、

「ほれ、とっとと出ないと、ここにはこれからドクターどもが押し寄せてくるぞ」

そう言うと、自分はさっさと退室していってしまった。

Piece 5

自然を破壊する

彼は、私にこんなことを言っていた。

「自然には敵わない、とかいうヤツは、自分たちの嫌いな連中の醜《みにく》さもおぞましさも、自然の一部なのだという事実から逃げているだけだ」

でも自然にだって勝てるというのはひどいうぬぼれで、己のことを過大評価しているだけなのではないか、という疑問には、彼は何も言わなかった。

1.

エスタブの人数が四人になり、勝負がこれまでのようには進行できなくなったことで、ルール変更がされることになった。

これまでは最初に決められた順番は変わらず、その中で各種の駆け引きが行われていたのだが、今後は、ゲームは世界経済の流動性を象徴《しょうちょう》するという観点から、より偶発性の高いリスクにも対応すべきだということで、

「順番はクジ引きで決めるのではなく、一回ごとにダイスで決定することになった。八面ダイスの、二面ずつにそれぞれの名前が書かれている。それを各人ごとに振る」

とハロルドが説明すると、

「つまり、同じプレイヤーが何度も何度もやらなければならないこともある、ってことだな」

夏目那未香はうなずいた。

波の音がかすかに響いてくる、ここは彼女の自宅である。周囲は見渡す限り緑と海岸線しかない。リゾート地というにはあまりにも周囲に何もない土地にぽつん、と建っているコテージに、彼女はほぼ一人で住んでいる。彼女が日焼けしているのはファッションではなく、ただ土地柄によるものであり、一年の大半をここで過ごしている。都市部へのアクセスには船かヘリコプターを使わなければならないが、そのことを浪費とも思わないくらいに彼女は金持ちである。金で、

他人と交流しなくていい自由を買っているのだった。

ただし、パンゲア・ゲームの管理者であるハロルドの訪問を止める権利はないので、彼のことは素直に通す。

「その通りだ。逆に何巡しても、一度もタワーに触れない者も出てくるだろう」

ルール変更を告げに来たハロルドも、はるばる来てもお茶の一杯も出されないことに文句も言わず、淡々としている。

ふん、と那未香は鼻を鳴らして、

「ずいぶんと運任せの要素が増したな」

と言うと、ハロルドは悪びれずに、

「これも人数が減ったからだよ」

「そうかね？」

「ふむ」

「はっきりと、零元東夷が強すぎて誰も彼以外に賭けなくなったから、と言ったらどうなんだ？」

那未香の言葉に、ハロルドは動じることなく冷静に、白々しく言う。

「おいおい、君たちエスタブは別に競走馬ではないよ。それぞれの価値を勝負の場で証明してみせているだけだろう。だから七人も定員がいたんだし」

「そういうお為《ため》ごかしはいらねーよ。結局、みんな勝者をひとり選ぶだけ。勝った者が総取り

──それが現実だろ」

「そういう見解も否定はしないが、しかし全肯定もしないよ。だったら我々は、零元東夷にだけ賭けていればいいことになってしまうからね」

「そうすればいいだろ、こうなったら」

「そして彼が間違っていたときに、すべてを失うことになるのかね」

「どっちにしろ現在の段階では、サシの勝負では彼に勝てる気がしねーぜ」

那未香は実にあっけらかんとした口調で言う。

「君は素直だね」

「自然なんだよ」

「同じことじゃないのか？」

「私に言わせれば、素直というのはただ愚直なだけだ。自分の未熟さを棚に上げて誰かの言うことを受け入れるだけでいいとタカをくくっている。自然であるためには、ぬるま湯みたいな素朴《そぼく》さと決別して、厳しい不条理を受け入れる覚悟が必要なんだよ」

彼女が何を言っているのか、ハロルドは当然理解する気がない。彼はエスタブを研究しているのではなく、ただ管理しているだけであり、知った風なことを言って反感を買うのを避けるのが最優先だからだ。興味があるのは、その優劣の順序だけである。

「君の強さは、自然であることか」

「海のような自然の流れに勝てる者はいないと私は感じている。それに近づこうと努力してるんだよ」

「では、零元東夷の強さは何に由来していると思う？」

「それがわかれば苦労しねーって。私はこれまで、一度も彼の次番になったことがないから、直接の殺気を浴びていないし。でも――」

「でも？」

「私はこれまで、三年ほどエスタブをやってきた。既に何人も入れ替わってきて、その中には正直、私よりも強いと感じた者たちもいたけど、彼らと勝負するとき、その背中ぐらいは見えた。射程距離が測れた、という感じだった。でも現時点では、零元東夷とやればやるほど、足下がぬかるみに変わっていくみたいで、全然ふんばりが効かないんだよ。私が知っているパンゲア・ゲームとは違うゲームを、彼だけは知っているって感じ。わかるか？　こんなことを言っても」

　と訊かれて、ハロルドはあっさりと、

「いや、正直まったく理解できないね」

「だろうね――」

　肩をすくめた那未香に、ハロルドはさらに問う。

「君はエスタブの中でも、特に他人の感情を推し量《おはか》るのがうまいじゃないか。そんな君から見て、零元東夷の基本的な感情というのはなんだと思う？」

「それがわからないって言ってんだけどな……しかし、そうだな……感情の波は、常に攻撃的な方を向いていて、一切防御しないとは言えるな。そんなことは普通はあり得ないんだけど……それこそ宇多方玲唯は違っていた。彼女は最後のゲームのときは、まったく攻める気配がなくて、とにかく消耗を避けたがっていただけだったし。それとは真逆──あいつ、ほんとうに宇多方の仇を取りたいと思ってんの？」

「少なくとも、本気なのは生瀬亜季嬢であって、零元東夷にその執《しゅうちゃく》着は見られないが」

ハロルドがそう言うと、那未香はやや不安そうな表情になって、

「その生瀬って娘だけど──そいつって」

と言いかけて、那未香は首を左右に振り、

「いや、やっぱりいい。とにかく私が東夷に敵わないってことが第一なんだから」

と自分に言い聞かせるように言った。

「だが、ここでルールが変わったから、君たちにも充分勝ち目が出てきたと言えるんじゃないかな。零元東夷にとっても初めてのゲームになる訳で、立場は対等だ」

「そんな経験則が意味を持つとは思えないけど──いや、ちょっと待て……経験？」

喋っている途中で、ふいに那未香はなにかに引っかかったようで、眉をひそめて唇を尖らせている。

「経験……経験か……零元東夷には、私たちよりも経験があるから強いのか……でも、それにしては、なにかが……」

彼女がぶつぶつ言いながら考え込んでいるのを、ハロルドは無言で見つめていて、思考の妨げになるような無駄口は挟まない。やがて那未香は、ふう、と大きく息を吐いて、

「……まあ、必要以上に彼を怖れても仕方がない。呑み込まれなければ、潮《しお》はいずれ引く」

と言った。覚悟ができたのだろうか、とハロルドは思って、

「勝てそうかね？」

と訊いてみた。すると那未香は心底馬鹿にしたような眼で見つめてきて、

「これで勝てる、そんな風にうぬぼれる瞬間こそが、もっとも脆《もろ》いんだぜ？　そんなことも知らないのか？」

と言った。ハロルドは苦笑しつつ、

「あいにく、勝負師ではないんでね――あんまり勝とうって思ったことがないんだ」

と答えた。

そう、パンゲア・ゲームを運用しているにもかかわらず、サーカム財団はエスタブたちの勝敗そのものにはほとんど関心がない――この時点では既に、問題は別のところに移っているのだった。

2.

新ルールへの変更を零元東夷に告げる役目は、当然のように生瀬亜季に託された。彼女は重い足取りでまたあの薄暗い、何もない空間へと入っていった。

「…………」

床に寝転がっているはずの零元東夷の姿は見当たらなかった。どこかに出かけたのだろうか。しかしだとしたら、表にいるサーカム財団の警備員たちに見つかっているはずで……と彼女が考えていると、

「どうした、暗い顔をしているな？」

という声がいきなり聞こえてきた。しかし姿が見えない。

「い、いるんですか？　どこに？」

と呼びかけると、いきなり目の前に、だらん、と上から落ちてくるものがある。思わず、

「ひっ――」

と悲鳴を上げると、天井から逆さまにぶら下がっている東夷が、

「会いに来たくせに、人を見て悲鳴とは情緒《じょうちょ》不安定だな」

とからかうように言ってきた。よく見ると、このがらんどうの部屋は天井の板までもが外されているので、そこに走っている鉄骨に膝を曲げて引っかけているらしい。

「――な、何してんですか？」

「コウモリの真似だ」

「……は？」

「冗談《じょうだん》だよ。頭に血を集めて、意図的にぼーっとした状態を作っていたんだ」

「なんで、そんなことするんですか？」

「モノを考えたくないからだ。余計なことを考えると無駄に負担が増える」

相変わらずよくわからないことを言う。しかしそれなら逆立ちでもいいんじゃないのか、とは思ったが、言い返してもあれこれ反論されるだけだろう。

「ふうっ……」

彼女がため息をつくと、東夷は天井から飛び降りてきて、

「なんでそんなに暗いんだ？　何を落ち込んでいる」

と訊いてきた。彼女はやや投げやりに、

「エスタブは何でもお見通しなんでしょう？」

と言ったが、これに東夷は、

「見通す価値のあるものならな。おまえの感情はそこには入っていない」

と返してきた。亜季はまたため息をついて、

「……怖くなかったんですか？」

と訊いた。東夷が何も言わなかったので、彼女はさらに、

「あんな風に拳銃を突きつけられて、なんで平然としていられたんですか？　相手が自分を撃たない未来でも読めていたっていうんですか？」

と問いかけるが、東夷はこれに、

「おまえが気になっているのはそこじゃないだろう。僕がどう反応したかなんて大した問題じゃない。おまえはパンゲア・ゲームで死人が出るという事実を改めて見せつけられて、それで陰鬱《いんうつ》なんだ。もっと正確に言うと」

と、彼女の胸元に人差し指を突きつけて、

「おまえは、自分の復讐心の限界を感じたんだろう。エスタブたちに自分たちの罪を思い知らせてやりたいが、しかし——殺したいとまでは思っていなかった、それを実感したんだ。そして、そのことにショックを受けている」

断言してきた。これに亜季は反論できない。彼女はうなだれて、

「……わからなくなってきました。もちろん玲唯さんを蔑《ないがし》ろにする奴らは許せません。しかし殺したって何の意味もないんじゃないのか、とも思ったんです。それは玲唯さんが望んでいることではないんじゃないか、って」

弱々しく言う彼女に、東夷は容赦なく、

「それも綺麗事だ。単におまえが人殺しをしたくないだけだ。その感情を他人に押しつけるな。おまえは仮に宇多方玲唯が〝誰かを殺せ〟と命じてきても、それができなかっただろう。そういうヤツなんだよ、おまえは」

「わ、私は……」

彼女は口ごもった。どう反論したらいいのかわからない。そんな彼女に、東夷は、

「それで、今日は何の用だ？　そろそろサーカムが、ゲームのルール変更でも提案してきたか」

と、ずばり当ててきた。いつものことながら、亜季は驚きを禁じ得ない。

「……なんでわかったんですか？」

「わかるもわからないもない。僕がそうさせたからだ。前回、僕によってこれまでのパンゲア・

ゲームは完全に破壊された。ゲームをやる意味はまったく消滅した。ならば変えなければならない。当然の結果だ。まあ、何をしても結局、僕が潰すんだが」

　まったく悪びれることなく言う。亜季はまたため息をついて、

「……サーカム財団はほんとうに、あなたにパンゲア・ゲームを終わらせるつもりだと思いますか」

「おまえの目論見通《もくろみ》り、ということか？」

「いえ……そんなことは」

「ずいぶんと弱気になってきたな。最初の頃の、ぎらぎらした殺気を撒《ま》き散らしていたおまえはどこに行ったんだ？」

「………」

「いや、これはちょっと違うな──それだけおまえがしぶとくなったってことか。殺気を表に出さなくても平気になったんだ。以前は自分に言い聞かせないと決意を支えられなかったのに、今では多少揺れても、気持ちがぶれなくなったんだな」

　知ったようなことを勝手に言われる。亜季は胸の奥から苦々しいものが湧きだしてくるようで、とても嫌な気分になりながら、

「……どんどん遠くなっている気がするんです。玲唯さんのことが、前よりもっと、遠い──」

　と呟いた。すると東夷は、

「最初から遠い」

と突き放すように言う。それから薄ら笑いを浮かべて、

「おまえは、やっとそれに気がついたんだよ。自分の思い入れだけで宇多方玲唯を見ていた頃にはもう戻れない。あいつがやっていたことの一端に触れることで、無邪気に憧れているだけではいられなくなってしまったんだ」

と言い、真顔になって、

「そして、そろそろ怖くなってきている」

そう付け足した。これに亜季は、ぎしっ、と奥歯を嚙みしめた。そうしないと震え出しそうになっていたからだ。

「……………」

「宇多方玲唯が、どれほど自分とはかけ離れた存在だったのか、あいつが単なる遊戯としてやっていたパンゲア・ゲームですら、これほどの圧力がある――文字通りのバケモノだったと実感し始めて、そこで足がすくんでいる――もう、あきらめろ」

「……………」

「おまえはもう怒ってすらいない。宇多方玲唯がゲームの敗北に圧し潰されたとは感じていない。パンゲア・ゲーム関係者に対しての憎しみは既にない。惰性だ」

「それは――」

「おまえは宇多方玲唯じゃない。彼女の代わりに何かを成し遂げることなどできない。その事実を受け入れろ」

「…………」

　言われて、亜季は無言で彼のことを睨み返す。

　東夷もその視線を真っ向から受け止めて、微動だにしない。

　しばらくそうやって、両者は睨み合っていたが、やがて亜季が、ぽつりと、

「……その気になれません」

「なに？」

「そんな気になれません……あなたに見つめられても、説得される気になれません。そう、全然負ける気がしません」

　そう言い切った。すると東夷はふん、と鼻を鳴らして、

「別に、おまえのことなど僕はどうでもいい。説得しようなんて最初から思っちゃいないよ」

　と言った。そのときに彼の目元にふと浮かんだ表情を見て、亜季は、

（……え？）

　と違和感を覚えた。それはなんだか、妙に柔らかい、そう——まるで懐かしんでいるような、そういう眼に見えたのだった。前にも同じことを経験しているかのような、それを振り返っているかのような——そういう眼差しに感じたのだった。

「——でも、ルールが変わったら、あなたでも勝てるかどうかわからないでしょう」

「勝つさ」

「そんな風に威張《いば》ってばかりいると、思わぬことに足を掬《すく》われますよ」

そう言ったが、東夷は不敵な顔のままで、

「たとえば、おまえが裏切る——とか？」

と言った。笑っていなかった。亜季はぎくりとして、

「——なぜ、そんなことを言うんですか」

「僕が、必ずしも宇多方玲唯の味方じゃないからだ。おまえは、僕が彼女の名誉の害になると思ったら、平気で裏切るだろう」

静かな口調で言う。亜季が絶句していると、彼はさらに、

「勘違いするなよ。僕たちは別に仲間同士でも、目的を共有している訳でもない。敵同士になっても、ちっともおかしくないんだ」

と言う。亜季はごくり、と生唾を呑み込んでから、絞り出すように、

「で、では——ではあなたの目的ってなんなんですか？　パンゲア・ゲームを潰すのは、自分が最強であると証明したいからだとしても、その後はどうするんです？　またあの崩れかけたマンションに引きこもるんですか？」

と訊いたが、これに東夷は答えず、無言で見つめ返してくるだけだった。だがその表情はなんとなく、

〝言わなくても、もうわかってるだろう〟

そう告げているような、そんな奇妙に弛緩《しかん》した印象があった。

3.

そして、ゲームの日が来た。

もうクジを引く必要もなく、席順を決めることもなくなったので、ゲームルームに集まった四人は、さっさと席に着いた。おのおの迷いなく移動して、希望する席が被《かぶ》ることもなかった。

「さて——新ルールに基づいて、八面ダイスが用意された。念のために訊くけど、反対する者はいないね？」

丁極司が代表して、皆に確認する。全員、無言で反対しないので、

「よし——それではルールを固めるけど、ダイスは最初の一回はこのまま僕が振る。それで目が出た者がピースを動かした後で、ダイスを振るということにする。もちろんこれはピースを置いて十秒以内にタワーが崩れたら負けという、その制約に含まれる。振る前に崩れたら、ダイスの結果にかかわらず、前の者の負けになる」

と説明する。これにも誰も何も言わない。ここで開始の鐘の音が鳴り響き、ゲームが開始された。

重り等の不正を防ぐために透明な八面ダイスに、それぞれの名前が二ヶ所ずつ記されている。

最初の目は零元東夷だった。

彼は、この前のときのように一つだけピースを動かして、ダイスを振った。

　すると、またしても自分の目が出た。東夷はすぐにピースを動かして、振る。

　しかしまたまた自分の目だった。ここで東夷は三つほどピースを動かして、ダイスを振る。ここでやっと目は来栖真玄を出した。

「――――」

　来栖は無難な手を打って、ダイスを振る。次は丁極だった。彼も同じような手で番を終える。

　そして次の目は夏目那未香だった。

（…………）

　彼女はすぐにはタワーに手を伸ばさず、他の三人の様子をどこか遠い目で同時に見る。観察する。

（零元東夷――今、三回連続で自分になってしまったとき、かすかに息を長めに、ふーっ、と吐いた。乱れそうな心を鎮めた……）

　この新ルール――さっそくここに潜《ひそ》む波乱が露呈《ろてい》した。今、零元東夷が三回連続で目が出たけれど、これは偶然だろう。転がり方が全部別パターンだった。そもそも八面ダイスはふつうの六面の物とは違って、転がりやすく、左右へのぶれが大きく安定しない。サイコロ賭博《とばく》のイカサマ技の基本である〝置き〟とか〝滑らし〟とか〝ひねり〟などが一切使えない。完全にランダムなのだ。

（東夷も、これまでのような強気のゴリ押しを積み上げるやり方はできない……決定的な一手を打って、次がまた自分になってしまったら、そこで自滅するだけ……）

そこの駆け引きは、これまでの勝負の機微《きび》とはまったく異なるものになるのが明白だった。これまでのパンゲア・ゲームはリスクを積み上げて誰かに押しつけるものであったが、これからは常に、いつリスクに直面するかわからない環境下で判断していかなければならないのだ。

(こうなると中途半端な読みなど無力。運任せの荒波に自ら身を投げ出す覚悟が必要となる――)

そして、それは那未香には慣れっこの感覚である。彼女は暇さえあれば、海に飛び込んで、コントロールされていない波に揉《も》まれながら身体一つで何キロも泳ぐのが日課なのだ。

(いつも同じように見える海――しかし中に入るたびにその流れは異なり、同じものであるときは一度もない。毎回、その変化に対応する必要がある。勝負も同じ――決定的な攻略法などはない)

変化に対応し続けること、それだけが有効な方法なのだ。

彼女はピースを一つ手にすると、あえて強い力でタワーの上に打ち込んだ。勢いでわずかに揺れる――それが収まる前に、もうひとつピースを手にして、また強打する。何かが身体に跳ね返ってくるような感覚がある。イルカが海中を鳴き声でスキャンするように、タワーの構造を、内部のバランスを触感として把握する。

そしてダイスを振る――また東夷の番になる。

東夷は三つほどのピースを動かしたが、特に深く攻め込んでいる、というほどでもなかった。それから来栖、丁極、と順繰りに番が回って、そしてまた東夷になった。

彼がダイスを振ると、また自分になった。無表情でピースを動かすが、あきらかに彼には、

（ツキがない――）

それが明白になっていた。

4.

「どうも零元東夷には運が味方していないようだな」

モニタールームからハロルドが率直な感想を洩らした。

「ダイスに嫌われているみたいだ。出目が悪い。番は少なければ少ないほど有利なのに、彼ばかりがタワーに触れさせられている。彼はそういうことを気にするタイプなのか？」

ハロルドは隣で観戦している亜季にそう訊ねたが、彼女はぼーっとしていて、ろくに画面も見ずに、うわの空だった。

「おい？」

と声を掛けられて、はっ、とあわてて我に返る。

「は、はい、なんでしょうか？」

「だから、東夷はツキがないことを気にするかどうか、と訊いているんだが」

ハロルドは特に不快な様子も見せず、質問を繰り返した。亜季は顔を赤くしながら、

「え、えと――その、わかりません……」

と弱々しく答えることしかできない。

「どうしたんだ？　なにか集中できていないようだが」

「す、すみません――」

「この前の発砲騒ぎが堪《こた》えているのかね？　しかし実のところ、エスタブが錯乱状態になるのはさほど珍しいことでもないんだ。極度の集中と緊張を強《し》いられ続けるのだからね。常人であれば発狂してしまうレベルだろう。拳銃を持ち込んでいたのは予想外だったが、おそらく験担《げんかつ》ぎのものだったのだろう。いつでも自決できる、というような気合いを入れるためにね。あまりそういうチェックを厳しくしていないんだ。各人の自由裁量に任せないと、勘が鈍るからね」

「は、はあ――」

それは要するに、野生動物の生態を研究するには下手な保護などはしない方がいい、というような話ではないのか、と亜季は思った。サーカムはエスタブたちを守りたい訳ではない、ただ有効に活用したいだけなのだ。それが改めて痛感される。

（誰も、他の誰かを守ろうとはしていない――ここはそういう世界）

彼女が厳しい表情になっているのを、ハロルドは誤解したのか、

「零元東夷は負けると思うかね？」

と訊いてきた。これに亜季は正直に、

「たぶん、あまり策とかはないと思います……相手を呑んでいるというのでもない」

と答えた。なんとなく口にしていた言葉で、特に何も考えずに言っていた。これにハロルドは

うなずいて、

「つまり、他の者たちと互角、ということかね？」

と念を押す。しかしここで亜季は首を横に振って、

「いいえ。おそらく——誰よりも立場が悪い」

と、またしても何も考慮せずに、反射的に口にしていた。

＊

勝負は一進一退の様相を呈していた。

移動するピースは一人につき、平均で三個というところに落ち着いてきたが、同じプレイヤーが連続して番が回ってきたりすると、今さっき打った手とまるで逆の意味を持つ手を打ってバランスを取らざるを得なくなったりして、それぞれの個性が発揮《はっき》されずにただ時間が過ぎていく。

膠着状態と言えばそうなのだが、しかしタワーは微妙に形を歪めていき、いつ崩れるかわからない危うさも常にはらんでいるため、弛緩した鈍さはない。薄っぺらな刃物の上で綱渡《つなわた》りをさせられているような鋭い緊張があった。誰が次の番に回ってくるのかわからないということが、ここまでゲームを不安定にしてしまうとは、誰にも予想できなかっただろう。

この異様な展開の中で、読める流れが存在するとしたら、それは、

（プレイヤーたちの感情——それしかない）

夏目那未香は、自分の番が回ってきても、ほとんどタワーの様子を見もしないで、他の者たちのことばかり注視している。彼らがわずかに見せる無意識の動作、呼吸の乱れ、視線の動き、指先の曲がり具合、そういったものを全体的に見て、彼らの揺らぎを観察する。分析しているといえばそうなのだが、必ずしもデータを集めて解を出そうとはしていない。

感じることが最優先である。

伝わってくるもの、伝わってこないもの、わずかに滲《にじ》んでいるもの、消えていくもの、それらを同時に捉える。変わっていくところばかりでなく、変わらないままのところにも気を配る。

人間は、何の感情も持たないで、ただただ冷静でいることは絶対にできない。落ち着け、と人が思っている間は、決して落ち着くことはできない。

だから、この場に出てくるほどの勝負師になれば、自分の感情を殺さない。苛立ちを抑え込まないし、恐怖を無理に消そうと焦らない。怒りがあれば、その上で手を動かす。悲しみがあれば、そのままに卓上に表す。その上で最善手を探すのだ。

(来栖真玄は、ずっと揺れている――不安と恐れの間を行ったり来たりしている。迷うほど彼には選択肢《せんたくし》がないので、他の感情が一切湧いていない)

ある意味で、考えすぎてシンプルに返ってしまっているのだろう。こういうときは逆に、大崩れしないのでそれなりに手強い。

(丁極司は相変わらずだ。彼は、エスタブの中で唯一、零元東夷が来る前と今とで感覚に変化のない人――この少年はどんな状況でも、間合いを測ることにのみ集中する。己の基本を守ることを最優先する。少し動揺しそうになると、自分の姿勢を正すことに関心を集中させて、すぐに〝よし、背筋は伸びている〟というような小さな満足感に感情を戻してしまう――見事だ）

零元東夷が現れるまでは、丁極司が那未香にとって最も警戒すべき相手だった。しかしその割に、彼はあまり勝率が高くないのが不思議と言えば不思議だった。ただ、彼はとにかく敗者にはならない。彼はエスタブとなって一年弱くらいだが、その間、那未香は彼が負けたところを一度も見たことがない。連勝とかそういう華々しいこととは無縁だが、無敗であることは間違いなく強さの証だ。

（――でも、こうなると不自然さも出てくる……パンゲア・ゲーム自体が終わって、お役御免にされそうだというのに、この少年には、そのことへの恐れがなさ過ぎる……この前の談合のときから、とにかく平然としすぎている）

丁極は何かを隠している、それがここに来てはっきりと確定した。だが今は、そのことを追及する状況ではない。

（ゲームの最大の敵は、やはり零元東夷――彼を倒さなければ私たちに未来がないことは動かしようのない事実）

だから、今も彼の感情を探るべく観察を続けているのだが、やはり底無し沼に足を突っ込んでしまったかのような感触しかない。

（色々な動きはある――指先が無駄に伸びたり、強張ったりするし、姿勢も左右にふらふらと揺れる。普通ならばこれは傷だ。そういう隙間から集中力が抜け落ちていくはずだ。しかし、こいつの場合——）

その傷から逆に、殺気が噴き出してくるかのように、己の揺れに敵も巻き込んでしまって、嵐に変えてしまう。今までの勝負はすべてそうだった。

（正直、信じられない——過去に十連勝したとはとても思えない。こんな戦い方は一か八かの賭けであって、それが十回も続くとは、私の認識を超えている——だからこその強者なのだろうが——それにしても……）

今も、またしても彼に番が回る。そしてその手つきは不安定かつ危なっかしい。速さだけは誰よりも上だが、それは無駄のない洗練されたものではなく、ただ強引なだけだ。しかしタワーのバランスを見切る感性だけが突出して鋭いために、その手つきの悪さを補って余りあるのだろう。だが次も彼の番になる確率が高いせいで、おそらくは常に、二手までは余裕のあるところまでしか攻め込めないようだ。

（だが、そもそも最初の時点で彼は三連続で手番になってしまっている。四連続、五連続もあり得る。ツキがないのに、その上でなお二手先までしか安全圏を用意しないというのは、明らかに突っ込みすぎ——現時点でもやはり無謀。そのことを自覚しているのかどうか——そして、それについて怖れているのか、嘆《なげ》いているのか、怒っているのか、喜んでいるのか、悲しんでいるのか——ううむ）

そのどれでもあるようで、どれもがうまく塡まらない。彼の感情はまったく抑えられていないのに、その底がまるで測れない。

（彼の根源にあるものはなんだ？　その原動力はいったい？）

それが見えなければ、感情の性質もわからないのだろう。彼女は勝負の流れに身を任せて、零元東夷の動向をひたすらに追う。

ゲーム開始から十分ほどは、誰も何も言わない無言状態が続いていたが、丁極司が自分の番のときに、ふいに、

「ところで──時々思うんだけど」

と話し出した。

「僕らエスタブは、未来を読んでいるという──人々を導いているという。その鋭い感受性で、常人には感じ取れない可能性を見出しているという。でもそれって、ほんとうにそうなんだろうか？」

言いながら、彼はピースを指先でくるくると弄《もてあそ》ぶ。

「だってそうだろう？　僕らは何を感じているんだ？　既に知っているものばかりだ。逆に知らないものは感じることもできない。見通しているという未来も、金儲けに関係しないものには見向きもしない。市場に存在している取引以上のものを見つけることはできない。それで未来を感じているとか、ずいぶんとおこがましいとは思わないか？」

この言葉に、余裕のない来栖が素朴に、

「何が言いたいんだ？」

と訊き返した。丁極は、うんうん、とうなずいて、

「僕らは勝負をしている。勝つか負けるかを決めている。しかしこれは、逆に言うと可能性が二つしかないということだ。世界の多様性を考えるとき、勝つか負けるかしかないというのは、あまりにも視野が狭い――そう思わないか」

「いや、そんなことを言っても――そのために、パンゲア・ゲームは本来、プレイヤーの数が七人もいて、勝者と敗者以外の者もいるようになっているんだろう？」

「そう、そのはずだった――だが現状はどうだ？　全員がびくびくして、絶対的な強さを持つ者の方しか見ていない始末だ」

と、少年は零元東夷に流し目をやりながら、ふふっ、と笑った。

「こんなことで未来が視えるといえるだろうか。僕らが視ようとしているのはせいぜい、自分が勝つ未来であり、そうでない未来を避けることにばかり知性と感性と情熱を使っている――視えているものの中から、得になりそうなもの、利益が得られそうなものばかりを拾い集めて、それを寄せ集めることが未来だと思っている――過去に縛られているだけなのに」

「過去――」

「僕らが扱っているのは、すべて過去に成功したものばかりだ。未来を視る、無から有を創ると言いながら、実際はありふれた素材をこねくり回しているだけだ」

彼はくすくす笑いながら、零元東夷の方を見て、

「なんだか、宇多方玲唯みたいな言い方をしてしまったかな。彼女は得意だったよね、こういう韜晦《とうかい》が」

と話しかけたが、東夷は鋭い表情のまま、少年の方を向きもせず、

「いい加減にしろ。早くピースを載せろ。おまえの御託《ごたく》など、それこそ過去の誰かの焼き直しだろう」

と言い捨てた。丁極は笑顔を崩さずに、

「あなたはどうだろうね——パンゲア・ゲームの連勝記録保持者だった栄光の過去に縛られているる？　それとも、これも未来を切り開くのに必要な過程なのかな？」

と言いながら、やっとピースを置いて、そしてダイスを振った。

出た目は夏目那未香だった。彼女はタワーに手を伸ばそうとして、そしてそこで、なにか引っかかる感覚があった。

（————っ）

じっ、と自分のことを零元東夷が睨みつけている。

その視線が、妙に鋭すぎる。

（え——何故、今、私を——？）

今まで挑発していた丁極司ではなく、次の番が回ってきただけの那未香を、どうして睨みつける——？

（どうして——どういう感情なんだ……？　自分の番が回ってこなかったことに苛立っているのか？　そんなにピースに触っていたいのか？　なんでこいつ、こんなにがっついてるんだ——いや、待て……待てよ……がっついている……？）

なにかが解けかかっていた。

これまでの様々な不可解で異常な態度の数々が、ひとつの形になりかけていた。

(がっつくのが、根にあるとするならば……零元東夷は――この男は――)

夏目那未香は、ピースを手に取りながら、自分の頭に浮かんでしまった考えに動揺していた。

(もしも、この考えが正しいのだとしたら、私は――)

もう流れを読むどころではなかった。自分の内に湧き上がってきた混乱と、その反対に位置する納得との間で引き裂かれて、思考停止状態に陥《おちい》っていた。

どうでもいい手をなんとか終える。ダイスを手にして、何も考えずに振る。しかしこういうときにはおそらく、何かに見放されているのだろう、出た目はまた自分だった。

「う、うう……」

顔を上げられない。ピースを動かして、ダイスを振る。何かに取り憑かれたように、また自分になってしまう。

「う……」

わかっている。痛いほどに視線を感じている。

零元東夷が、ずっと彼女のことを睨みつけている。

この感情――叩きつけてくる怒濤《どとう》の思考は、正確には感情とは言えない。それ以前の念である。意識とか無意識とかいった、心の領域を凌駕《りょうが》してしまう原始的な指向性――。

それは怒っているのでも憎んでいるのでもない。焦っているのに似ているが、それは結果であって原因ではない。

（この男は――飢《う》えているのだ……）

それが彼の根源にあるすべての理由。どうしようもない飢えが芯《しん》から染みついていて、他のあらゆる感情も思考も行動もそれに圧倒されて形を成さないのだ。

（勝利も敗北も、おそらくはどうでもいい……パンゲア・ゲームに参加しているのも、飢えを満たすためではない。ただの〝確認〟――自分がどれほど飢えているのかを、己に思い知らせているだけ――あるいは〝飢えること〟その資格があるかどうかを賭けている――彼の勝負は、彼の内側にしかない。私たちはとんだ道化――彼の遊び相手ではなく、餌ですらない。文字通り、眼中にない――彼が見ているものは、それは……）

彼女はピースを動かすと、ダイスを手にして、顔を上げた。

睨みつけている東夷と眼が合う。

彼はそこで、那未香に生じた変化を察知して、む、と眉をひそめた。

その変化は他のエスタブたちも感じて、全員、わずかに身体を強張らせる。

彼女は、遠い眼になっていた。もう目の前のタワーも、テーブルも、対戦相手たちも見ていなかった。

彼女はひどく投げやりな調子で、

「なるほどね……どうりで、生瀬亜季に肩入れした訳だな……」

と呟いた。それから頭を左右に振って、丁極司の方にぼんやりとした視線を向けて、

「あんたは、知っていたな？」

と言った。丁極は平然とした顔をしているが、横の来栖は（なんのことだ？）とひたすらに混乱している。那未香は、はあーっ、と深い深いため息をついて、

「やっと美沙緒の気持ちがわかったよ——確かに、やる気が失せる……関わっているだけでプライドがどんどん削られていく感じになる……」

ぼそぼそと呟いている彼女に、東夷が鋭い声で、

「だから、無駄な愚痴《ぐち》は後回しにして、さっさとダイスを振れ」

と促した。しかしこれに那未香はきっぱりと、

「嫌だね」

と拒否した。

「嫌が応もないだろう」

「それでも嫌だ……おまえと関係していると、どんどんこっちが歪んでいく。おまえは〝不自然〟だ。そうだ、おまえは——」

那未香はここで、やっと相手を睨み返して、そして、

「おまえはそもそも、零元東夷ですらないだろう——亡霊みたいなものじゃないか」

と言った。これに横から丁極司が、

「その言い方は正確ではないだろう。そもそも僕たちエスタブの名前はすべて仮名なんだし。彼が零元東夷でないとはいえない」

と口を挟んできた。だが彼女は少年の方は向かずに、睨み続けている相手だけを見つめ返して、

「少なくとも、十年前にここでプレイしていた人間とは違うだろうが。そっくりに整形して、紛《まぎ》れ込んできているのは事実だろう、違うか？」

彼女に問い詰められても、言われている彼は相変わらず睨み続けたまま、

「それがどうした。おまえと何の関係がある。いいから、さっさと勝負を続けろ」

と平然と言い返した。まったく動じず、感情に一切の乱れがなかった。

＊

（な――なんだ？　何を言っているの、あの人たちは……？）

生瀬亜季は混乱の極みにあった。いったいあのエスタブたちは何を話しているというのだろう？

（零元東夷が、零元東夷じゃない……？　どういう意味なの？）

彼女は横に立っているハロルドに視線を向けたが、この男も冷静な顔のままで、かすかに首を振って、

「やれやれ――」

と呟いているだけだった。驚いている様子はない。

（こ、これって――なんでみんな落ち着いているの？）

動揺している彼女に、ハロルドがうなずきかけてきて、

「ああ、別に君のことを疑うとか、そういうことはないから。そこは安心してくれ」

と、よくわからないフォローを入れてきた。何の話かさっぱりわからない。

「い、いや――え？」

亜季が動揺している間にも、モニターの向こう側ではどんどん事態が進展していく。

5.

「ダイスを振れ――夏目那未香」

零元東夷なのか、そうでないのかよくわからなくなっている男は、淡々と、明らかに威嚇が込められている強い声で言う。しかし彼女の方は、ぎゅっ、と手を握りしめて、それを開こうとしない。彼女は震えながら、

「そうだよな――おまえはそうなんだ。勝負をしなければならない、という強迫観念に取り憑かれているんだ。しかも、それはおまえの想いですらない――ただお手本がそうしていたから、やらなければならないというだけのことだ」

彼女の、男のようなきつい言葉遣いでも、その裏にあるか弱い怯《おび》えを隠しきれない。その響きには力がない。男は容赦なく、

「だから――それとおまえと何の関係があるんだ。いいから、勝負を続けるんだ」

と詰め寄る。彼女は首を左右に振って、

「だから、嫌だ――おまえに、ちょっとした手応えを与えるためだけに蹂躙《じゅうりん》されるなんて、まっぴら御免だよ――」

二人の言い合いに、横から丁極が、

「まあまあ、二人とも――那未香も、東夷も、ここはいったん落ち着こうじゃないか。ムキになっていても良いことはないよ?」

と冷静に諭そうとする。一番年下のはずなのに、最も穏やかな調子である。

ここでたまらず、蚊帳《かや》の外に置かれていた来栖真玄が、

「お、おい――おまえらさっきから、何を言っているんだ? 零元東夷が、本人じゃないとか――何の話なんだ?」

と声を上げるが、これに丁極が、

「だから、サーカム財団が正式に彼をエスタブと認定して、このゲームルームに入れている時点で、彼は零元東夷なんだよ。それ以上の詮索《せんさく》はプレイに関係ないという主張は正しいんだ。那未香、君だってそれぐらいはわかるだろう。そして来栖、君がここで余計なことをあれこれ騒ぎ立てると、君には事態を洞察《どうさつ》する力がないと表明することになるけど、それでもいいのかい」

　と物静かだが反論を許さない、凜《りん》とした声で宣告する。来栖は絶句して、それ以上は何も言えない。さらに少年は、

「東夷、君もそんなに突っ張らなくてもいいだろう。今までの余裕はどうしたんだい？　ルールが変わって、もう必死さを隠す必要がなくなったのかな？　十年前にはなかったルールの下だと〝ポーズ〟を作る理由がないからね」

　と言うが、男はこれには、

「――――」

　と何の反応もしない。ただひたすらに夏目那未香を睨み続けている。正しくは彼女ではなく、その手の中にある、勝負の行方から一度も集中を逸《そ》らさない。

　彼女がダイスを振るまで、決して許さない――その眼はそう告げていた。

「私は――」

　那未香は、その視線に晒《さら》されながら、か細く引きつった声で、

「私はもう、この勝負はしない――だからダイスは振らない。しかし、負けもしない。勝負から離れる際に――」

　と支離滅裂《しりめつれつ》としか思えないことを言い出したかと思うと、ゲームルームの天井に、見えないように配置されているカメラのひとつに顔を向けて、

「――代打ちを立てる！」

　と大きな声で言った。そして人差し指をカメラに突き立てて、

「そこにいるんだろう？　ずっとこっちを見ていたはずだ。あんただ、あんた――本音では他人にやらせないで、自分自身がここに立ちたいって思っていたんだろ？　なあ――」

彼女はすう、と息を吸って、そしてその名を呼んだ。

「生瀬亜季――おまえが私の代理だ！　おまえがエスタブとして、パンゲア・ゲームを最後までやるんだ！」

6.

（え……？）

亜季は虚を衝かれて、ぽかん、と口を開けてしまった。

（え？……なに？……なんだって？　なんて言ったんだ、あの人は……？）

思わず後ずさる。モニターから離れて、隣にいたハロルドの姿が目に入る。彼はこっちの方を、じっ、と見つめている。

「あ、あの……？」

おずおずと声を出した彼女に、ハロルドは落ち着いた口調で、

「――と言っているが、どうするんだ？」

と訊いてきた。

「え、だ、だって――」

「ルール上では、彼女のダイスを無理矢理に取り上げることはできない。それは妨害《ぼうがい》行為になってしまう。我々はうかつにもダイスに時間制限を設《もう》けていなかったから、彼女が振るまでは、ゲームをこれ以上進行できないし、かつ、彼女を負けにもできない。よくぞ抜け道を見つけ出したものだ。で——その彼女が、君をご指名だ。勝負を続けさせたければ、君に代わりをやれ、と言っている——どうするね？」

淡々と言っている、その口調には怒りも不本意さも何もない。冷静そのものであり、まるでこうなることを自然に予想していたかのような態度である。

「わ、私は——」

「君の望みは、確か宇多方玲唯の無念を晴らしたい、彼女の遺志を継いでエスタブたちの行っているパンゲア・ゲームに鉄槌《てっつい》を下したい、というものだったね？　それで零元東夷を連れてきた——しかしどうやら、ここで彼だけではその目的を達成できなくなったようだ。君の助けがいるらしい。さて、どうするんだい」

ただでさえ学校の校長のような雰囲気を持っているこの男が、授業で難しい問題を答えなさいと命じてくる教師のような圧力を彼女に掛けてくる。それは決して押しつけがましくないのだが、しかし逆らうことも無視することもできないのだ。

「わ、私は——」

彼女ははっきりとした言葉を口にすることはできなかった。混乱に次ぐ混乱で、事態を受け入れることさえできていないのだから、意思を表明せよと言われても不可能だった。しかし宇多方玲唯の名前を出されてしまった時点で、彼女から拒絶の声だけは、どうしたって出ようがないのだった。

「私は――」

彼女がぶるぶると震えているのを見て、ハロルドはうなずいて、そしてマイクに向かって、

「どうやら話はついたようだ――」

と話し出した。

＊

〝ルール上の規定に従って、この時点で勝敗を決することが不可能な以上、ここはいったんペンディングとさせてもらう。記録上は引き分けということにして、勝負自体は現在のタワーをそのまま保持――来週のゲームで続行することとする。なお、その際に一部プレイヤーから選手交替の要望があり、両者の間での合意が得られたので、これを認めるものとする〟

スピーカーから流れるハロルドの穏やかな声が、ゲームルームに響いた。

「ちっ――」

と舌打ちしたのは、零元東夷なのかどうか不明の男だった。彼はいち早く席を立って、さっさと部屋から外に出て行った。続いて丁極司も退出する。二人とも、もうこれ以上ここでは何も起きないと見切りをつけてしまったらしい。

「ふう――」

　と大きく息を吐いたのは、夏目那未香である。彼女はダイスを握りしめたままの手を、もう片方の手で無理矢理に開ける。どうやら力の加減ができなくなっていて、うまく指が動かなくなってしまっていたようだ。

「お、おい夏目――」

　おずおずと、来栖真玄が声をかけた。

「なにがなんだか、まるでわからんのだが――おまえはヤツに何を視たんだ？」

「ああ――あんたにはわかんねーだろうな、来栖。あんたは理で物事を判断するから。しかしこの場合、それが救いだったな。私みたいに感情の動きでヤツを捉えようとしたら、あんただって――」

　言いながらも、彼女はなかなか指が開かないので、くそったれ、と毒づく。来栖はさらに、

「ヤツは誰なんだ？　十年前のエスタブとは別人で、すり替わっていたというのか？　そういえば欧風院も、錯乱する前に〝おまえは誰だ〟と言っていたが――」

　と訊いたが、那未香は彼の方を見もせずに、ひたすらに苛立った調子で、

「どうでもいいぜ、もう――私の知ったことか。私はもう、こんなところからおさらばするよ。付き合っちゃいられない――」

　と呻きながら、やっと手を開いて、その中のダイスを露出させた。忌々しそうに床に叩きつけて、そしてきびすを返して、

「しばらく人間には会いたくない——自然の中でバランスを取り戻さないと、こっちまで歪んじまう——」

と言いながら、足早に部屋から出て行ってしまった。

「…………」

取り残された来栖は、あまりにも変わってしまった状況の中で、まったく未来が見通せずに途方に暮れた。もう一般人より感性が優れているとか誇ることはできないな……と思いつつ、彼は那未香が放り出したダイスに目を向けた。

そいつだけは、彼が予測した通りの目が出ていた。きっとそうだろうな、と感じていた名前がそこにあった。

〝零元東夷〟が表になっていた。

PiECE

6

過去を呪縛《じゅばく》する

……彼がこんなことを言っていたのを、私はかなり後になってから想い出す。

「人間には無限の可能性があるというが、どうやったらそれを信じられるんだろうね？」

彼はいつも、論理の逆転を好むので、これもきっとまともに展開される話ではないのだろうと思って、私は、

「そんなもの、ただの言葉の誤魔化しでしょう。しょせん人間なんて、大したことはできないんですよ」

とひねくれたことをあえて言った。すると彼はさらに、

「無限というから漠然としてしまうんだ。それを具体的な数字にすれば、目標になる」

と詰め寄ってきた。これにも私は、

「でもそれって、結局は他の誰かが決めた基準に従うってことでしょう。最初から制限があるじゃないですか」

と反論した。すると彼はやはり、

「前の人間は百を目指したとしたら、次は百一を目指せばいいだろう」

と揚《あ》げ足を取るようなことを言ってきた。私はこういうやり取りがとても好きだったので、楽しくなってきて、

「たったの一ですか」

とやり返す。彼もニヤリと笑って、

「なら桁《けた》を増やすか。千ならどうだい」

「それこそ具体性がなくなって、漠然としてしまうじゃないですか」

「しかし無限ではないから、完全に否定することもできないんじゃないのか」

「中身がないのに、桁だけ増やしても、その分からっぽになるだけでしょう」

「いつか埋まるかも知れない。少なくとも永遠に続く訳じゃない」

「途中で力尽きますよ」

「そうだな。しかし世界中の人間は、皆そうやって生きているんだ。分相応な願望だけで満足する人間はいないし、誰も彼も浅ましい欲に突き動かされて、無謀な願望を実現させたいと思いながら生きている」

「だから世の中はおかしいんですよ」

私がかなり投げやりで乱暴なことを言うと、彼は少しだけ真面目な顔になり、

「おかしいのは欲の方なのか、それとも目標の立て方なのか、そこが問題なんだよ」

と、しみじみとうなずいてみせる。

「というと？」

「みんな百を目指しているつもりで、実は五十も見ていない。それこそ前の人間よりも下にしか目線が届いていない。その中で不満を溜め込んでいる。自分の望みが叶《かな》わないのは世の中のせいだといって」

「どうして五十しか見ないんでしょうね？」

「負けたくないからだよ。十から二十になるには三十以上は負けなければならない」

「どうしても負けなきゃならないんですか？」

「そうだ。これは可能性というものの性質上、避けられない。試行錯誤は、必ず失敗を内包する。逆に言うと失敗しそうにない可能性は、ただの前例踏襲でしかない」

「でも、あなたのような天才なら一発でできたりしないんですか？」

　私がそう訊くと、彼は淡々とした口調で、

「私は自分の心の中では、現実で勝利した数の数百倍は負けているよ。私を構成しているのはほぼ敗北感だといってもいいくらいだ」

　と静かに言った。それは私には意外な言葉だった。私が知る彼は連戦連勝であり、決して負けない男だったからだ。しかし彼は適当なことを言っているのではなかった。彼が真剣なときが、この頃の私にはわかるようになっていた。

「心の中で、負ける――」

「勝ちだけに固執する者にはそれができないんだ。一回だけ勝って、そしてそこまでだ。心の中で負け続けることに耐えられなくなるからだ」

「………」

「だがそれは、人間に無限の可能性があるというのなら、考える必要のない苦悩でもある。無限に比べたら、我々のひとつひとつの敗北など、それこそ大したものではない」

話が戻ってきた。私もうなずく。彼が言っていた可能性の話が、私にもぼんやりとわかってきていた。

「無限は無理でも、心の中で考える数字の桁をどこまでも増やすことはできる、ということですか」

「そうだ。心の中で〝ここまでは行けるはずだ〟という桁を準備するだけなら、どんな敗者にもできる。その桁の数だけなら、千を勝利した者より上回ることもできる。たとえ実数がゼロであっても、空欄が用意された桁だけならば誰にも負けない。千に万で勝ち、万に億で勝つ——中身がゼロであっても、兆の桁まで用意すれば、心の中にそれだけの空虚を抱え込むことさえできれば、そこらへんの百を得た成功者の足下にも及ばない存在になれる——ただし」

彼はここで、なぜか少し寂しそうな表情になって、首を左右にゆっくりと振りながら、

「それだけで勝ったと満足したら、その錯覚に溺れるのなら、その瞬間にゼロは文字通りの、ただのゼロに戻る——シンデレラの魔法が、午前零《れい》時で切れてしまうように、だ」

と言った。彼の思索の深さに、私がついていけるはずもなかったが、それでも何か納得するものがあったので、

「……残るのは、ガラスの靴だけですか」

と付け足してみた。すると彼は苦笑しつつ、

「実際には、とても履《は》けたものではないだろうな。ステップを踏んだ瞬間に、ヒビが入って砕《くだ》け散る――」

そう言って、ぱっ、と空中でなにかが散るように手のひらを開いてみせた。

……不思議なことだが、このときに私は初めて、彼のことが少しはわかるようになるのではないか、と思った。

1.

亜季が最後に宇多方玲唯と会ったのは、彼女が死ぬ一ヶ月前のことである。

「亜季、あんたさあ、将来何になりたいとか考えてる？」

玲唯にしてはひどく陳腐《ちんぷ》なことを言い出した。亜季は正直に、

「いいえ。具体的な目標とかは全然ないです。なんか大学のツテとか、契約してる保険会社関係のなんかになるんじゃないですかね、このままだと」

と投げやりに言った。すると玲唯は笑って、

「嫌そうに言うね」

「まあ、あんまり考えたくないので」

「つまりあんたは、将来を憎んでいる訳だ」

「憎むっていうか――」

と言いかけて、しかし亜季は反対する気持ちが心の中にまったくないことに気づいて、

「――いや、そうですね。きっと憎んでいるんです。将来とか未来とか、私にとって何の役に立つんだろう、関係ないってことにできないかな――って思ってますね」

ひどく退廃的なことを言ってしまう。すると玲唯は、

「それは無理だね。どんなに嫌いでも将来ってヤツはいつか必ず来るし、今だってちょっと前の

過去から見たら立派な将来なんだし」

　と当たり前のことを言って、笑いを消して、

「そして、今の自分を何らかの形で殺さないと、未来にはたどり着けない」

　と言った。亜季は少しどきりとして、

「殺す、って——」

　おずおずと訊いてみると、玲唯は落ち着いた表情のまま、

「今をそのままの形で続けたり、残したりすることは不可能だよ。すべては少しずつ崩れ去っているのが世界の仕組みだ。私たちはそれに逆らいながら生きているけど、しょせんは誤魔化しよね。だからそのままでいようとする者は、かならず衰退《すいたい》していくことを覚悟しなければならない——私には無理だね」

　と静かに言う。

「でも——」

　玲唯さんは今が最高に素晴らしいじゃないですか、と亜季は言いたかったが、なんだか薄っぺらなおべんちゃらにしか聞こえない気がして、口ごもってしまった。そんな彼女に玲唯は笑顔を向けて、

「衰退するかも知れない。しかしそれでも、身を削っていくことを怖れていては先には進めない。私はその勇気を、あんたからも、たくさんもらっているのよ、亜季」

　と言った。正直、難しくてなんだかよくわからないが、とにかく褒められたようなので嬉しか

った。しかし、

「あ、ありがとうございます。でも――」

やっぱり身を削るとか衰退とか、響きが良くない言葉ばかりが並ぶと不安な気持ちになる。なんとか前向きな感じに話を変えなきゃ、と亜季が焦っていると、玲唯は、

「ねえ、あんたは何になりたい、亜季？」

と話を戻した。しかし亜季が何かを言う前に、玲唯はさらに、

「それは、あんたが今あるものの中で、何を交換したいか、という選択でもある。現在と未来を交換する――先に進むためには、その必要がある。何を犠牲にしてもいいと思っていて、どんなものを手に入れたいと考えているのかな？」

「そう言われても――」

「たとえば、だ――あんた、宇多方玲唯か、みなもと雫になりたいと思う？」

いきなり言われて、反応に困る。

「……なれる訳ないじゃないですか。無理ですよ。私だけじゃなくて、誰にも玲唯さんの代わりなんかできっこないです」

「それは世界中の誰でも同じことよ、亜季。別に人間はひとりひとり偉大とかそういう綺麗事じゃない。悪い意味でも人は、誰かの代わりを完全に務《つと》めることはできない。だから世界は劣化《れっか》していくことを避けられない。新しいものを無理矢理に隙間に詰め込んで、どんどん形が変わっていくことを止められない――しかし、私はその点で、少しだけ希望を持っているのよ」

　そう言って、じっ、と彼女のことを見つめてくる。その真剣な眼差しに、亜季は戸惑いつつも、あまりにも凛々《りり》しい玲唯の瞳にうっとりしてしまう。不安になりつつも、心が高揚《こうよう》してしまう。

「あの――？」

「亜季――私は今のあんたがとっても大好きだわ。だから変わって欲しくはない。しかしそれも無理なのよ。あんたはきっと、私のせいで変わらざるを得なくなってしまう」

「い、いや――玲唯さんのためなら、私はどんな風に変わったって、ちっとも嫌じゃないですよ。そう、それこそ今持っているものを全部捨てちゃったっていいです。学校だって辞められるし、サーカム保険との契約だって切れます。親に反対されても、勘当《かんどう》されたっていいです」

　なんかムキになって、かなり過激なことを口走ってしまう。しかし嘘ではないし、大袈裟に言っているのでもない、本心である。

「玲唯さんがこれから変わっていこうっていうなら、私はそれについていきたいです。そうです、身を削ったりするのなんて、全然平気ですから」

「未来のために？」

「はい、未来です。――まあ、よくわかんないんですけど……」

　彼女が苦笑しながら言うと、玲唯もにこにこと微笑んで、

「あんたは何になるのかしらね、亜季――」

　と言った。後から思えば、このときの宇多方玲唯は完全にエスタブとして、未来を見通しなが

ら話をしていた。亜季はそのことに気づけなかった。

*

——そして、彼女が死んでいた場所に、亜季はまた戻ってきていた。

空っぽの空間は、以前よりもさらにがらんどうになっていた。以前にはそこで寝転んでいたり、天井からぶら下がっていた男が、もうそこにはいなかった。監視役の者によると、そもそもあの勝負の後、帰ってきてもいないらしい。少ないとはいえ、各種の荷物などが置きっ放しで、傍目《はため》には完全に失踪したようにしか見えない。

「…………」

亜季は足を踏み入れて、薄暗い室内をあらためて見回す。

だがやはり、ここには宇多方玲唯の気配はまったく残っていない。昨日までいたはずの男の残《ざん》滓《し》さえなにもない。

「…………」

亜季は、あの男との対話を何度も心の中で反芻《はんすう》してみたが、そういえば彼は、自分のことを零元東夷だと名乗っていなかったことに気づいていた。こちらから『零元東夷か？』と訊ねると、否定しないで別の話を始めていたので、ついそのままにしていたのだった。それに勝負の最中も、かつて十連勝したときはどうだったか、みたいな話を振られてもまったく反応していなかったことも。

彼は、少なくとも能動的には一切、嘘はついていなかったのだ。

「…………」

彼女は思い出していた。夏目那未香が去っていった勝負の後、茫然としていた彼女のところにあの少年が、丁極司が現れて、彼女に語ったことを——。

2.

「やあ、生瀬亜季さん。直に会うのは初めてですね？」

彼は、特別な存在であるという気配をまったく感じさせない、柔らかな物腰で話しかけてきた。

「え、ええと——」

「こんなことになってしまって、さぞや戸惑っているでしょうね。でも大丈夫ですよ。安心してください。コーヒーはどうですか？」

なんだか喫茶店の息子が店の手伝いをしているみたいな感じで、司はにこにこと微笑みかけてくる。人なつっこい表情で、緊張感を持って接するのがかなり難しい。ゲームをしていたときの、モニター越しに見ていたときの鋭い超人的な印象がまるでない。

「あの——東夷さんは？」

と言ったものの、果たしてそう呼んでいいのかもよくわからない。その彼女に、司はうなずいて、

「東夷さん、でいいんですよ。彼以外に今、本物の零元東夷が別にいる訳ではないので。彼が唯一の存在です」

と穏やかな口調で言った。

「どういうことなんですか？　私には何がなんだか、さっぱりわからなくって――」

「生瀬さん、あなたは最初に彼をどうやって見つけたんですか？」

「だからそれは、私のところに玲唯さんから手紙が来て――」

「ああ、彼女が死後に届くようにしていたというヤツですね？　そこに零元東夷の現在の所在地が書かれていたんですね」

「だから、私は全然疑問に思っていなくて――いや、そもそも疑うとか、そういう話なのかしら……？」

「宇多方玲唯さんが本物の未来感知者であったことが、その手紙からも証明されましたね。彼女は僕たちやサーカム財団ですら、まったく存在を知らなかった〝現在の零元東夷〟のことを知っていたのだから。彼女と東夷には接点があったんでしょうかね？」

「わかりませんけど……あの〝現在の〟とか〝唯一の〟って、いったい何のことなんですか？」

彼女がそう言ったところで、部屋にハロルドが入ってきて、

「それは私から説明しよう」

と横から話に入ってきた。彼は亜季の前に、一枚の写真を差し出してきた。

そこには青白い肌をした、上半身が剝き出しの男が写っていた。台の上に横になっているのを真上から撮影されているので、正面から撮ったように見える。両眼が開いているが、その顔には表情がない。視線と感じられるものがない。口元は閉じているだけで、歯を食いしばってもいないし、笑ってもいない。何の感情も表してはいない。すべてが停止していて、二度と動くことはない。

そして、その顔は――彼女もよく知っている零元東夷の顔だった。しかし、よく見ると微妙に何かがずれている。この写真の男と、零元東夷では――。

「こ、これって……」

亜季が啞然としているところに、ハロルドが静かな口調で、

「ああ、そうだ――それは死体だ。零元東夷の遺体として回収されていた。写真に日付が書いてあるだろう」

「………………」

亜季はその数字を読んだが、なかなか理解できない。頭に入ってこない。だがそれはどう解釈しても、その数字は――。

「……十年前……」

彼女が呻くように呟くと、司がうなずきながら説明を加える。

「そういうことです。かつて零元東夷がパンゲア・ゲームで十連勝した後、せっかくの記録なの

に、それを放り出して突如として姿を消した――というのは誤解だったんですよ。彼は勝負に来たくても来られなかった。何故ならそのときにはもう死んでいたからです。しかしパンゲア・ゲームを運営していたサーカム財団は、エスタブの神秘性を高めて商品価値を維持するという観点から、その死を隠蔽して、他のエスタブたちにも秘密にしたんです。十連勝中の最強の予知能力者があっさり死んでしまっては、未来予測に説得力も何もあったものではないですからね」

「………」

亜季は写真をまじまじと見つめる。気持ち悪いとは思わなかった。それは何でもなかった。あの宇多方玲唯が死んだ場所のように、空っぽの物体でしかなくて、そこになにか鬼気迫った迫力とか、伝わってくる重みといったものは何もなかった。

そして、それは……微妙に老けている。皺が刻まれて、皮膚が弛緩している。輪郭《りんかく》がぼやけている。

どう見ても、彼女が知っている零元東夷よりも、十歳ほど年上のように感じられる。

「だから、生瀬亜季くん――君が私のところに、宇多方玲唯の仇を取りたいから、零元東夷を連れてくる、と言ってきたときには、いったい何のことだろうと、実に不思議だったんだよ」

ハロルドがしみじみと言う。

「そうしたら驚いたことに、本当に連れてきたじゃないか！　いやあ、あのときは信じられなかったよ。しかも圧倒的な強さで、たちまちゲームを支配してしまって――」

「………」

亜季がここで、ごくり、と生唾を呑み込んだ。それを見て、司が、

「そうですね、亜季さん……あなたも気づきましたね。最初のときに、彼がどうしてパスを三回も繰り返したのか、今、納得しましたね？」

と彼女の考えたことをずばり当ててきた。

「彼は……知らなかったんですね……」

亜季が弱々しく口にすると、司も、

「そう、あの時点では彼は、本物のパンゲア・ゲームをやったことがなかった。どういう風に振る舞えばいいのか、ルールは理解していても、具体的なプレイヤーの所作は見たことがなかった。だから、パスをして様子を見るしかなかったんです。それで不利になるとか、そんなことには構っていられなかったんでしょうね」

「……自信満々に見せて、全員、まんまと騙されて……」

「いや見事なものでしたよ。誰も彼の意図が読めなかった。それも当然です。彼自身にも意図などないんですから。存在しない彼の策略を深読みしすぎて、自滅させられていった……でも、それも最初だけです」

「……一度で、完全にマスターしてしまったんですね……」

「後は勝つだけです。そう、かつて零元東夷がやっていたようにね。その行動を完全になぞっていった」

「彼は……つまり……」

亜季がおそるおそる、という調子で口ごもると、司は、

「そうですね、彼は、あなたと同じですね、生瀬亜季さん」

と、あくまでも優しい声で言った。

「あなたが宇多方玲唯が死んだことを受け入れられなくて、ここに乗り込んできたように……彼もまた、零元東夷という存在がこの世から消えたということを受け入れなかった。だから顔をそっくりに整形して、彼とまったく同じ姿になり、そして——十年かかって、まったく同じ才能も手に入れたんでしょう」

「…………」

「エスタブたちは、ゲームから去った零元東夷がなぜ十年間も何もしていなかったのかと疑問に思っていましたが、これも出発点が間違っていた。彼は十年間、それこそ身も心もすり減らして、かつての偉大な零元東夷のレベルにまで己を変革していったんでしょう。十年も、ではなかった。たった十年で、と言うべきだったんですよ」

「彼は——」

「彼はおそらく、当時はまだ、僕と同じくらいか、それよりも若い子供だったでしょうね」

「一応、サーカムでも調べはしたんだが、当然のように何も出てこなかった。過去は完全に消し終わって、零元東夷しか残っていない。おそらく今後、仮に彼自身が告白したとして、その真偽を確認することも無理だろうな。そして、そのことに我々も関心はない。世界にとって重要なのは零元東夷だけで、彼になろうとした子供に興味はないし、十年前に何かをしくじって死んだ男

を悼《いた》む必要もない」

「彼は——」

亜季はぶるぶると震えだした身体を抱えながら、誰に向けてでもなく、問いかける。

「私のことを、どう思っている……？」

あいつから見たら、生瀬亜季というのはどういう人間に見えているのだろう？　準備万端整った後で、のこのことやってきた利用価値のあるコマだったのだろうか？

「今となっては、君は彼の対戦相手——敵ということになるね」

司が静かな声で言う。

「君は来週には、夏目那未香の代打ちとして、途中で停止している勝負に参加しなければならないのだから」

「……でも、私はきっと負けます」

亜季も、司と同じくらいに静かな声で言った。弱気でも放棄でもなく、事実そうとしか思えない。やらない訳にはいかないのだろうが、勝てる可能性がどこから見てもない。

「いいや。そうとは限らない」

「でも——私は十年間も修行していないし、あらゆる面で彼には敵いません」

「そうだね、あなただけなら、ね——しかし勝負の場にいるのは君たちだけじゃない。僕もいるんですよ」

丁極司は彼女のことをまっすぐ見つめながら、うなずいてみせた。

「僕をあなたは、なんだと思いますか？」

「だから——エスタブなのに、サーカム財団と陰でつながっているんでしょう？」

「それは正確ではないし、根本から違っています。僕はエスタブじゃない」

少年は至極あっさりと告白する。

「未来を感じることなんかできない。そんな感性はない。正直なところ、みんなが勝負の場で訳のわからない会話をしているとき、何を言っているんだろうって、いつも思っていましたよ。その点ではあなたと大差ないんです、僕は」

「…………」

「ああ、しかし現に、エスタブを相手にパンゲア・ゲームをプレイしているじゃないか、って思っていますね？　そこが違うんですよ。僕はプレイしていない。そういう風に見せかけているだけです。僕は予言者じゃなくて、手品師なんです。たとえば」

彼は何もない空間に向かって手を伸ばして、パントマイムで何かを始めた。筒のようなものをなぞって、指先を挟むような仕草をして、引き抜く——かちっ、という音がどこからともなく聞こえてきて、その指先が確かに、タワーの上にピースを積むように見えた。

「え——？」

しかしもちろん、そこには何もない。ただ少年の指先が何もない空間で上下しただけだ。

「音が聞こえることと、動作が完璧なことで、あたかもピースを引き抜いて上に積んでいるように見える——実際には下と上のピースを二つ、わずかにズラしているだけです。手品ですよ。伏せたカップの中からコインが消える――実際には最初から入れていないで、手の中に隠しているっていう、アレですよ」

「音、って――」

「口で言っているんですよ。訓練すれば誰でもできます。ボイスパーカッションの応用ですね」

彼はにこにこしながら、簡単にタネをバラしてしまう。

「もちろん、純粋《じゅんすい》にパンゲア・ゲーム自体もうまいですよ。そこらの一般人なら誰にも負けない腕もある。しかしエスタブ同士が感性で未来を読み合いながらやっているような極限状態にはとても対応できない。しかし僕の番が回ってきたときに、とにかくタワーを崩さないでやり過ごすことだけはできる――僕の才能はそれです。たとえ相手が超感性の持ち主であっても、先入観と暗示で騙し通せる技術がある――ですから、要は手品師ですね」

彼は言いながら、今度はポケットから八面ダイスを取り出した。テーブルの上に転がす。八の目が出た。手にとって、また転がす。今度も八が出た。もう一回振る。やっぱり八の目が出る――。

「…………」

絶句している亜季に、司はダイスを差し出して、振るように促す。亜季は指示されるがままに振る――彼女の手から振られたのに、ダイスはまたしても八の目を出した。

「ど、どうして――」

「だから、手品なんですよ――さっきの勝負で、やたらと零元東夷の目が出たのは偶然じゃない。イカサマです。わざと彼を追い込むように、僕が仕向けていた」

「う――」

亜季は圧倒されていた。この少年は確かにエスタブとは質が違うのかも知れないが、しかし紛れもなく天才だ。そして思った。これがサーカム財団が、パンゲア・ゲームを終わらせようとしている、その理由なのだと理解した。

ハロルドが彼女の肩に、ぽん、と手を置いて、

「これでわかっただろう――我々はエスタブが理解不能であるが故に、特別扱いして、情報を提供してもらってきていた。だがそれが丁極くんによってコントロールできる程度にまで、彼らの認識力や思考パターンがおおよそ分析できるまでになってしまったんだ。はっきり言って彼らは〝底が割れている〟――だから宇多方玲唯は、ゲームに見切りをつけて、彼女本来の目的に立ち向かうことにして、そして敗れた。彼女が残っていたらまだ続けても良かったのだろうが、しかしそこで、我々にも理解できない存在が現れた。おそらく我々は、これを待っていたのだろう。そのためにゲームを存続させてきたのだ」

と話しかけてきた。亜季はその間、ずっと震えている。

「で、でも――」

「我々は、君を待っていたんだ。生瀬亜季――宇多方玲唯によって後継者として指名された君こそ、我々の理解も分析も超越した、新しいエスタブ――いや、もうその名前で呼ぶこともできないだろうな」

「私は——ただ——」

「振り回されていただけか？　宇多方玲唯に導かれていただけか？　我々からすると、そんなことはどうでもいい——君が意識しているかどうか、そんなことは些細《ささい》なことなんだよ。現に君がここまで、色々と実現してきたあり得ないことの数々に比べたらね」

ハロルドは自信たっぷりにうなずいてみせる。亜季のことを、彼女よりもよっぽどわかっている、と言わんばかりだ。しかし彼が言っていることはその逆——亜季が理解できないから、価値があると告げているのだ。

「…………」

ぶるぶると震え続ける亜季に、丁極司が静かな調子で、

「おそらく、零元東夷はきちんと次の勝負にも来るでしょう。彼は逃げない。自分が果たすべき目的のために。あなたはどうですか、亜季さん——彼に、大切な人を大切だと想う気持ちで、負けていると思いますか？」

と訊いてきた。

「…………」

答えられない亜季に、司は優しく微笑みかけてきて、

「大丈夫——僕が手伝いますよ。あなたを勝たせるように一生懸命フォローしますから」

と言ってきた。しかし亜季は何も言えなかった。

3.

……結局、返事はまだしていない。

そして亜季は、宇多方玲唯が死んだマンションに、あの男が昨日まで住んでいた場所に来ている。

「……………」

以前からわかっていた通りに、ここに来ても何もない。何一つ感じることはできない。決心するのを後押ししてくれる感動も、逆に逃げなければならないほどの恐怖もない。

こんなにも、なんにも感じることができない人間が、エスタブが限界ぎりぎりまで精神を振り絞るパンゲア・ゲームの場に立つ資格などあるのだろうか？

薄暗い室内に、一人でぽつん、と立っていたら、急にみぞおちの辺りが苦しくなってきて、

「……うぷっ」

と猛烈な吐き気に襲われて、あわてて洗面台に駆け寄って、そこに戻してしまった。フロアの中に剝き出しで水廻りが露出していて助かった。あいだに余計な壁やドアがあったら間に合わなくて、床に撒き散らしてしまっただろう。

（……いや、どうせ床も、汚れたところで誰も気にしないのか……）

水を流しながら、ぜいぜいと喘ぐ。顔をばしゃばしゃと洗う。指先が小刻みに震えている。昨

日からずっと、身体の芯が痙攣しているようにかすかな震えが止まらない。寒くもないのに凍《こご》えているみたいだった。

（私は、ここに何をしに来たんだろう……）

あの男が仮にここにいたとして、自分は何を言うつもりなのだろうか。それが曖昧なままなのに、こんなところをふらふらして、馬鹿みたいだ。

（何もしないことに耐えられないから、無理矢理にここに来て、価値があることをしているような気分になっているのか……ちくしょう、でも何かをしていないと頭がおかしくなりそうなんだから、しょうがないだろう——）

ぱんぱん、と顔を叩いて、そして早足で部屋から出て行く。まだ行くところは残っている。

（あの男を最初に見つけた、あの傾きかけている建物——）

そもそも、宇多方玲唯が記していたのはあの場所だった。どうして彼女はあそこに、あの男がいると知っていたのか——それを確かめる必要もある。

（どうせ行ったところで、何もないんだろうけど——）

そう思いつつも、彼女は外に出て、タクシーを捕まえて、問題の建物にやって来た。ここは再開発し損ねた地域なので、周囲はがらん、としていて人の気配がまるでない。

タクシーを降りてから、あっ、と気づいた。帰りのことを考えたら、ここで待っていてもらえば良かったのだ。どうせすぐに戻ってくるだろうから。しかしそれに思い至ったときには、もうタクシーは次の客を求めて、もっと賑やかな場所へと去ってしまった後だった。

（まあいいか——てくてくと、考え事をしながら歩いても。どうせ予定も何もないんだから——）

あるのは一週間後にどうするか、という期限だけである。それを思うとまた吐きそうな気分になってくる。そんな状態で彼女はまた階段を上っていく。

七階に到着した。相変わらず、しーん……と静まりかえっている。

問題の部屋に来て、扉のノブに手を掛ける。あのときと同じように、やはり鍵は掛かっていなかった。

中に入ると、奥にはまだやりかけのパンゲア・ゲームのピースタワーがそのままになっていた。彼女の手番で停まっている、あと一手で終わってしまうタワーだ。

よく崩れなかったな、と彼女はその近くに寄っていく。

（あのとき、あの男は私の隙は突いたけれど、でもゲームそのものはやっぱり私が勝っていたのだろうか。ハッタリに呑まれて、私は彼の誘導にまんまと引っかかったのか……いや、今となってはどっちでも同じか）

ルールが正式なパンゲアと同じなら、とっくに時間切れだ。彼女の負けである。

（でも、彼は私が持ってきた手紙を受け取ろうとしなかった——気にならなかったのだろうか。それとも昔の零元東夷なら読まないはずだと考えたのか……）

彼女は渡せなかった封筒を取り出した。それは濃く書かれた〝いくじなし〟という字が見えてしまっている、封をした意味があまりない手紙である。

亜季は、もういいだろうと判断して、零元東夷宛のその手紙の口を切った。便箋は一枚しかなく、折りたたまれたそれを開く。

するとそこには不思議なことが書かれていた。

〝あなたが迷っているのは、自分をいくじなしだと勘違いしているから。でも、あなたはきっと自分の人生を選べるはず〟

そう書かれている。しかしこの文章は、まるで——と彼女が思ったとき、背後から声が聞こえてきた。

「そうだ、それはおまえが読むべき手紙だったんだよ、生瀬亜季」

振り向くと、開かれたままの玄関のところに、この部屋の所有者が立っていた。

4.

「僕に託していたのは、その封筒の表だけだ。僕のことを零元東夷と認めて、おまえをここに連れてきたことで、もう伝えるべきことは全部伝わっている——だから見る必要はなかった。どうせ中身が、おまえへのメッセージであることは明白だったからな」
この男——なんと呼べばいいのか、しかしサーカム財団ももう、彼のことを他の名前で呼ぶ気は一切ないようだし、彼女も彼のことをこう呼ぶしかない。

「——東夷さん……なんで」

「ここにいるんだ、と思っているのか？　おまえがここには僕が来ないだろうと思ったからだよ。だから、来た——」

ニヤリと笑って、彼はドアの表面を、こつこつ、と指先で叩いた。

「駆け引きの基本だ。相手がこうしないだろうと思っていることを、敢《あ》えてする」

「…………」

「どうした、何か言いたいことがあるんじゃないのか」

「…………」

「黙っているのは、どうせ僕がまともなことなんか何も答えないだろうと考えているからなのか、何を訊けばいいのか見当もつかないからなのか、どっちだ？」

彼が絡んでくるように問いを重ねてくるが、それにも亜季は何も言えない。

「…………」

「まだまだ甘いな。沈黙が力を持つのは、相手にあれこれと想像させる前置きを充分に与えてからだ。そうしないと意味がない。相手に思考の余裕を与えて、かえって不利になる。自分では無駄な情報を与えないつもりでいても、実際は単に打つ手がないって雄弁に語っているのと同じことなんだ。手詰まりなんだなって、世界中にバラしている——」

彼が滔々と得意げに話しているのを、亜季はただただ聞いている。そして彼が息をついたとこ

ろで、ぽつりと、

「――どうしてなんでしょうか……」

と弱々しく呟いた。

「あん？」

「どうして私は、玲唯さんにこんなにも惹《ひ》かれたんでしょうか……」

わかっている、そんなことを他人に訊いたって仕方がないことは。それはあくまでも彼女の心の中の話であり、誰にも答えられない疑問だからだ。しかし――この男だけはその答えを知っているのかも知れない。

なにしろ彼は、彼女の〝先輩〟――十年先を行っているのだから。

「無駄だな」

彼はきっぱりと、唐突に断定する。

「おまえのその問いは無駄だ――とっくに知っていることをわざわざ訊くなと、前にも言ったはずだがな」

「……そうでしたね」

容赦のない冷ややかな言い方に、亜季もやっと反応できた。

「あなたは、不親切な人でしたね――忘れていました」

「そしておまえは意地っ張りだろう。それも忘れているんじゃないのか？　他に何の取り柄《とえ》があるんだ？　僕の迷惑も顧《かえり》みずに、自分の喉元に包丁を突きつけたことも忘れたのか？」

「どうせ、あなたには私が刺せないだろうって見抜かれていたんでしょう?」

彼女がそう言うと、彼は呆れたような顔になって、

「おまえが絶対に刺すことがわかっていなかったら、僕はおまえに勝負なんて提案しなかったよ。そんなこともわかっていないのか。まだ自分をまともな人間の同類だと勘違いしているのか?」

と言った。

「おまえは平気で死ぬヤツだよ。宇多方玲唯の同類なんだからな——おまえが今、ためらっているフリをしているのは、つまらない同情だ。おまえは、僕に勝てると思っているんだよ——内心では、な」

「え?」

「どうせ丁極司あたりにサポートしてもらえるんだろう? そのバックアップがあったら、僕にも勝ててしまうって思っているんだ。だからビビっている。おまえは負けることなんか本当はなんとも思っていない。怖いのは、勝利を得ることなんだ。それは責任を生み、未来を生む——おまえはそれが恐ろしいんだよ」

「………………」

彼女はまた絶句してしまう。しかしその沈黙は、さっきまでのものとは異なっていた。真に虚を衝かれた自失だった。

「丁極が色々と小細工ができることぐらい、僕がわかっていないと思ったか。ヤツに僕の目を出

させていたのを食い止められなかったって話を真に受けているのか？」

「………」

「いいか、丁極司がどうしてエスタブではないのか。その意味をおまえはまだ理解しきっていない。あいつの才能は本物だが、あいつには未来を読もうという意志がないんだ。自分だけが他人に先んじて利益を摑み取ろうっていう覇気がない――だからエスタブではない。みんなが一緒に幸せになろうって間抜けなことを本気で考えているクチだ――馬鹿馬鹿しいことだ。ヤツは才能がありすぎて、それを持っていない人間の執着が、ドス黒い怨念《おんねん》がわからないんだよ。必死になれないのが丁極司の限界だ。僕がそんなヤツに負けるはずがないだろう」

「………」

「おまえはどうなんだ、ヤツの言いなりになってサーカム財団や、その背後にいる連中の思い通りになってもいいって思うか？　ヤツらの考える世界の中で生きていくか？」

「………」

「おまえ――前に訊いたな、未来を読むってどういうことなのか、と。それはどこぞの誰かが勝手に〝こういうことだから〟って決めつけたことに、そいつは間違いだって言ってやることなんだよ」

「………でも」

無言だった亜季は、ここでやっと口を開いた。

「でもあなただって、過去に縛られているんじゃないですか。本物の……いや、昔の零元東夷さんに取り憑かれていて、そこから外に出られないんでしょう？」

　この彼女の遠慮のない問いに、彼の方は冷静そのもので、

「じゃあおまえは、宇多方玲唯が死んで、それで終わりで、もう閉じているのか？　彼女の可能性はすべて尽きて、世界からなんの存在感もなくなったと信じられるのか？」

「……う」

「なにもかもが過去か。いつまでもこだわっていることは未来を閉ざしているのと同じか。宇多方玲唯がやろうとしていたことは、もう全部ご破算か。それでいいと思うんだな？」

　淡々とした口調で詰め寄ってくる。亜季は何も言い返せない。

　痛感する。

　彼は、こんなことをもう十年も続けていて、彼女があれこれ思い悩んでいることなど、とっくの昔に通過してしまったのだと。

「おまえはもう、僕の敵だ。次の対戦相手だ。だから僕は、おまえの考えを肯定しない。おまえがくよくよ思っていることなど、ひとつも認めてやるつもりはない。おまえが宇多方玲唯の代理として、この零元東夷に十年前のリターンマッチを挑もうというのなら——完膚《かんぷ》なきまでに叩き潰すだけだ」

　そう言うと、彼は亜季の背後に積み上がっている、やりかけのタワーを指差して、

「おまえは純粋な勝負だけなら、あれは自分の勝ちだと思っているんだろうが——純粋な勝負などない。厳密なルールなど欺瞞《ぎまん》に過ぎない。すべてはお互いの駆け引きの中にしかない。丁極司

が小細工を使えるというのなら――僕も使えるんだよ」

と言って、指をぱちん、と大きな音を立てて鳴らした。

すると次の瞬間――その音波の共鳴ゆえか、積まれていたタワーが、誰も触りもしないのに、独《ひと》りでにがらがらと崩れ落ちていってしまった。

「――っ!?」

亜季は思わずタワーを振り返って、そして顔を戻したときにはもう、玄関から彼の姿は消えていた。

飛び出して、通路を見回す――しかし、どこにもいない。

「う……」

亜季は茫然と立ちすくんでいたが……気がついていた。

いつのまにか、震えが止まっていた。

Piece 7

無限を遊戯《ゆうぎ》する

彼は、私にこんなことを言っていた。

「悲しいことに人間は自分を知らない。だからあらゆる社会活動は本質的にデタラメになる宿命にある。その中で勝ちたければ、自らデタラメの混乱に身を投じるしかない」

しかしデタラメの混乱の中で、どうやって自分が勝ったのかを確かめられるんですか、という問いには、彼は答えてくれなかった。

1.

十年前の、零元東夷と宇多方玲唯の対決は一方的に終わったという。

「十連勝していた頃の零元東夷の印象は、実はほとんどないんだ」

頭に包帯を巻いて、ベッドに横たわっている欧風院修武は訥々《とつとつ》と語り出した。

「あいつはかげろうのようだった。あまりにも早く手番を終え、かつピースを置くのも静かで、プレイ中の存在感がまったくなかった。我々は気がついたら、勝手に負けていた、という風だった。圧倒される気配さえ感じさせてもらえなかった。なんとかペースを乱そうと、こちらが色々と挑発的なことを言うと、かならず逆のことを言っていた。へそ曲がりなんだな、とは思っていたが、それぐらいだ。ほとんど手がかりがなく、だから別人と入れ替わっていても、気がつけなかったんだ」

彼は脳から弾丸を摘出して、意識も正常に戻り、多少の麻痺が残っているぐらいで術後の経過も良好ということで、亜季との面会が許されたのであった。身体中に管や機器を取り付けられながらも、彼の言葉に淀みはない。

「それじゃあ、いくつもピースを動かしたりとかの奇策はしなかったんですね？」

「そうだ。だから今のあいつにも、スタイルが変化したんだな、と思って、印象の変化がその中に紛れてしまったんだ。しかし強さでいうなら、完全に互角だろう。あいつは十年前の零元東夷と同じレベルに到達している」

欧風院は穏やかな表情であり、憑きものが落ちたようでもある。自らに拳銃を突きつけたときの鬼気迫る錯乱は一切見当たらない。別人になってしまったかのようだった。

「それで、玲唯さんはどんなだったんですか？」

「まだ幼さの残っている可愛らしい少女だったが、彼女は最初から、凛としていた」

欧風院は遠くを見るような眼になった。

「強いのは見ただけでわかった。そして彼女は、おぼろに霞《かす》んでいた零元東夷の背中を捉えているようでもあった。本当の意味で、零元東夷の相手をしていたのは、おそらく彼女だけだ。肉薄したんだ、あと一歩のところまで。そして追い抜く前に、東夷は消えてしまった。勝負したのは一回きりだ」

「どんな対決になったんですか？」

「だから、印象に残らないくらいに速かった。零元東夷の次の番が宇多方玲唯で、彼女は絶対的に不利で追い詰められていたが、まったく怖《お》じる様子がなかった。我々は完全に傍観者で、彼女が打った手をただ東夷に回すだけの存在だった。しかし、そういえば――」

欧風院は眼を閉じて、ふーっ、と息を吐いた。しばし沈黙する。

「あの、大丈夫ですか？」

亜季が声を掛けると、彼は眼を閉じたまま、

「ああ、そうだ――あのときもそう言っていた。宇多方玲唯は、零元東夷に向かって〝あなた、

大丈夫なの？〟って何度も訊いていた。我々には意味がわからなかったが――きっと彼がもう大丈夫ではないことを、彼女だけは察していたんだな。死相を感じていたんだ」

「…………」

「なあ、生瀬亜季さん――こういう言い方もできる。十年前に、宇多方玲唯は死にかけの零元東夷にとどめを刺せなかった。介錯《かいしやく》できなかった。我々も同じだ――しかし、あなたなら」

「…………」

「あなたなら、あるいは十年前から残っているこの遺恨《いこん》を晴らすことができるのかも知れない。宇多方玲唯の代わりに、零元東夷からパンゲア・ゲームへの未練を消し去ることが叶うのかも――」

その声はどんどん細くなっていって、なかなか聴き取れなくなっていく。

「あの――」

「……未来にも、その先があるのなら――」

欧風院は何かを言いかけて、そこで意識を失った。亜季は横にいる医師に目を向けるが、彼はまったく問題ないです、という風に冷たくうなずくだけだった。

こうして面会を終えて、亜季はひとり廊下を歩き出した。

結局何もわからないまま、何一つはっきりしないいまま、彼女は一世一代の勝負に臨まなければならない。

（私は、何と戦えばいいのだろうか……）

2.

サーカム財団とパンゲア・ゲームの観戦契約をしている投資家たちは、お互いの存在を知らない。だから全体としてどれくらいの人数が参加しているのか、自分たちではわからない。サーカムが発表しないからだ。そもそもこのゲーム観戦というのは、会員制で紹介者がいないとアクセスできないようになっているはずなのだが、紹介したりされたりした相手が、その後も参加しているのかどうかを確認できないし、しない。

何故なら、秘密であることに価値があるからだ。

他の者たちが知らない秘密に、自分たちはアクセスできるのだという喜びが大半を占めている。実際にパンゲア・ゲームによって利益が出たり、損失を避けたりすることもあるが、それは実のところ二の次になってしまっているのも事実だ。

なにしろ、パンゲア・ゲーム観戦には参加料が掛からないからである。財団自身がゲームの結果によって莫大な利益を得ているから、ということになっているが、それが正しいのかどうか、ゲームを観戦している者たちは誰も知らない。

だから事実上、パンゲア・ゲームはただの賭博になっていた。エスタブの誰が勝つか、それを予想して、ゲーム開始前にも先回りして投資したり金を引き上げたりしていたのだ。それもエスタブの間で言っていることが大差なければ、たとえ賭けた対象が負けても大した損害にはならなかった。しかし逆に、未来予知が当たっていたのかどうかも不鮮明ではあった。

だからエスタブの間では、意見が極端に異なっている方が好ましかった。賭場が熱くなるからだ。ゲームを観戦している投資家たちは、他人の未来予知が聞きたいのではない。自分たちが未来を先取りしているのだという満足感を得たいのだ。そのためなら多少、不安定であってくれても構わないのだった。

そういう矛盾――確実な未来を知りたかったはずなのに、いつのまにかやっていることがただの投機同然になっていく様子を、サーカム財団はずっと監視している。

彼らの真の目的は未来を見通すエスタブによって利益を得ることなのか、それとも観戦者たちの様子を観察して分析することなのか、それを知っている者はごく少数であり、ゲームを運営している者たちの大半も知らされてはいない。

だから現在、パンゲア・ゲームがパワーバランスの崩壊によって、これ以上の運営が風前の灯《ともし》火《び》であり、今後続けられるかどうかも不明になっているというのに、財団側にまったく動揺している気配がないことの理由を知る者もほとんどいない。

ゲーム観戦者たちもまた、今後は未来予測の方はどうなるのか、指針を得られなくなったらこれからどうするのか、その不安はあるものの、もともと参加料さえ払っていないのだから、文句の言い様がない。そして、それ以上に――。

〝果たして勝負はどうなるのか。零元東夷はこのまま勝ち続けるのか〟

そのことへの興味がマイナスの心情を遥かに上回ってしまい、終着点を、決着を見届けたいという気持ちばかりがヒートアップしているのだった。誰もが先行きに不安を抱えつつも、入れ込むことをやめられなくなっているその様子は、バブルが崩壊するときのそれと極めてよく似ていた。そしてあらゆる崩壊は、その陰で密かに大きく勢力を拡大する者がいるのである。

＊

異様な雰囲気——それを来栖真玄も痛いほどに感じている。

（なんで私は、ここに来てしまったんだ——）

そう後悔している気持ちもある。もはやパンゲア・ゲームに於いて零元東夷に敵わないことは己が一番よく知っている。それなのにどうして、彼はゲーム参加を放棄してエスタブを引退しなかったのか？

（私も、いつのまにか勝負に固執するジャンキーに成り果ててしまっていたのか？　それとも、あらゆるエスタブを叩き潰さんとする、宇多方玲唯の怨念に取り込まれてしまったのか——）

彼は、ゲームルームの隅で震えている少女を見た。年齢だけならもう成人しているのかも知れないが、彼から見ると、まだまだ未熟な女の子にしか思えない。

（あれが、生瀬亜季——我々を破滅に追い込んだ張本人が、とうとう現場に現れた……）

彼女は誰よりも早く部屋に入ってきていて、他の者たちが到着するのを待っていた。後から入ると、他のエスタブたちから視線を浴びることになる、それが耐えがたかったから、先に入るしかなかった……そういう印象である。

（怯えている――そうとしか感じられない。この娘に我々が蹂躙されたとは信じがたい……そもそも逆恨みで、道理も何もない動機であったのだし――）

敬愛する人物が急逝《きゅうせい》したことによる混乱と逆上――それ以外は何もない。

（あの様子から見て、彼女自身もそのことをとっくに悟っている。だからもはや高揚はない。私と同様に、現状を後悔している風に見える……）

彼女は零元東夷にまんまと利用された。それが来栖の判断である。彼は自らが売り込んでゲームに参加することは〝安っぽい〟と考えた。だから生瀬亜季の狂気に便乗した風を装ったのだ――そうとしか思えない。

（もはや生前の宇多方玲唯とヤツとの間にどんな交流があったのか、先代の零元東夷とどこが違うのか、そういったことは考えるだけ無駄だ――ヤツは現に今、我々の前に立ちはだかって、すべての未来を圧し潰そうとしている――それだけが確実なことだ）

ここで無様にゲームに負けることは、可能性を絶たれること――それだけはなんとしても避けなければならないのだ。

彼が決意を固めていると、丁極司がゲームルームに入ってきた。穏やかに微笑んでいて、およそ緊張感がない。そして少年は亜季の姿を認めると、彼女に向かって〝安心して〟という風にう

なずきかけた。それを見て来栖は納得を深める。

（やはり丁極は裏でサーカムとつながっている……生瀬亜季とも打ち合わせ済みだろう。ということは、すなわち——）

零元東夷は、今やサーカム財団でさえ持て余すほどに危険な存在になってしまっている、ということなのだろう。

（私も含めて、全員がヤツを倒すことにのみ集中している——）

世界中のゲーム観戦者たちも、彼が負けるところを観たがっている——その中で、あの男はどんなプレイを見せるつもりなのだろうか？

緊張感が高まっていく中、ゲームの開始時間が迫ってくる。

そしてその期限ぎりぎりになって、とうとう零元東夷は姿を現した。

「…………」

彼は会場をどこか遠くを見るような、眩《まぶ》しいものを眺めるような表情をしていた。そしてその口元には、不思議な微笑みが浮かんでいる。

感極まっているようにさえ見える——素直に、純粋に、心が打ち震えている子供みたいな顔だった。

（……？）

来栖が眉をひそめると、東夷はうなずきかけてきて、

「これで勝負らしくなってきた——そうだろう？」

と言ってきた。もう微笑は消えている。

「これまでは余計なことを考えているヤツが混じっていて、実に鬱陶《うっとう》しかった。だがやっと、この場には勝つか負けるか、それしか考えていない連中が揃った——皆、僕を負かそうとしていて、自分の立場を守ろうとか、勝者と敗者の間に滑り込もうとか、そういった小賢しいことを狙っている者はいない——なあ?」

そう言われても、来栖には何も言い返せない。そんな彼に東夷はさらに、

「やっと、ここに来た甲斐《かい》があったよ」

と言って、不敵ににやりと笑った。

鐘の音が鳴り響き、ゲームが開始される。

3.

これは前回のゲームの続きであり、タワーも既にある程度手が進んだ状態からのスタートとなる。そして最初に行動するのは——

(私——)

生瀬亜季は震えそうになる手をなんとか鎮めながら、ダイスを持った。何も考えずに振らなきゃ、と自分に言い聞かせながら腕を動かしたら、勢いがつきすぎてダイスが跳ね返って、あげくにテーブルから床に転がり落ちてしまった。あっ、と亜季は焦ったが、しかしこれはパンゲア・

ゲームであり、チンチロリン等のダイスの出目だけのギャンブルであれば範囲外に出てしまった目は無効で振り手の負けであるが、これはそういうルールではないので、下に落ちようがどうしようが、出た目がそのまま答えである。

亜季本人が出ていた。普通ならこれはツキがないことになるのだろうが、亜季はむしろ、

（ほっ――）

としていた。

（素人である私は、とにかくピースの扱いに慣れなくてはならない。そのためには数多く触った方がいいに決まっている――）

むろん一週間ずっと練習を重ねてきたが、しょせんは模擬《もぎ》である。本番の緊張の中でやるのはまったく質が違う。

彼女は、大きく形を崩しているタワーを安定させるような手を打った。動かすのは一つだけだ。ここで欲張る必要もなければ、技術もない。

（それに私は、そもそもこのゲームで勝つ意味がない――退《ひ》くに退けなくなってしまって、この場にいるけれど、初めから勝てるとは思っていない――でも、宇多方玲唯の代わりと言われては、恥ずかしいことだけはできない――）

だからできる限り長く、ゲームを保たせることが当面の目標である。

タワーから手を離すと、ダイスを振った。丁極司の目が出る。彼は手早い動作ですぐに番を終えると、零元東夷の目を出して番を回した。

ここに来て、どういう手を打つのか――皆が注目する中、東夷はしばらくタワーに手を伸ばさなかった。

「――」

またさっきの、眩しいものを見ているような眼になっている。どこに焦点が合っているのか、よくわからない視線である。

二十秒、たっぷりと間を取って、そして打った手はびっくりするくらいに保守的な、拍子抜けのする手だった。そしてダイスを振ったら、また亜季の目が出た。

（東夷さんは――どういうつもりで、私に協力したのか）

亜季はピースを動かしながら、彼のことをじっと見つめた。

（私は、玲唯さんに導かれなければそもそも彼の存在さえ知らなかったのだけど――彼は前もって私のことを知っていたのだろうか）

知っていたとすると、それは宇多方玲唯から話を聞く以外にはあり得ないのだが――。

（玲唯さんは、私には東夷さんのことを何も言わなかったのに、彼の方には自分のことを話していたのだろうか――だとしたら）

それは単なる疑問でしかなく、確証も何もないことであったが、そう考えた瞬間に亜季の心の中に湧き上がってきたのは、

（悔しい……！）

という嫉妬だった。意味も論理もない、ひたすらに一方的なジェラシーだった。

（私と東夷さんは、同じような立場なのに……輝かしい人に憧れて、それでこんなことをしているのに、それなのに、なんで東夷さんだけ特別扱いだったのか――）

いいや、理性ではわかっている。これは話の筋道がそもそも通っていない。宇多方玲唯の真意もなにもわからないのにこんなことを考えるだけ無駄だということは理解できる、できるのだが

――

（でも、悔しい……！）

その気持ちがふつふつと滾《たぎ》ってきて、そしてひとつの形になっていく。

（玲唯さん――私は――私だって――）

零元東夷になんか頼らなくても、自分だって戦えるんだという、その意思表明をしたくてたまらない衝動が胸の奥から怒濤となって押し寄せてくる。

それはずっと隠してきた気持ちだった。目的を果たすためにと、理性的に考えて、我慢して押し殺してきた想いだった。

だが今、その感覚を否定する要素は何もない。目の前には敵として零元東夷がいて、彼のことをフォローしなければならない理由は何もない。

丁極司は最初から仇ではなく、そしてそれ以外のエスタブたちは皆、何らかの形で打ち負かして怨《うら》みを思い知らせた。だとしたらもう、残っているのはこの悔しさだけだった。

どうして最初から、自分でやれなかったのかという無念。

（そう――この気持ちを、零元東夷にも思い知らせなければならない……！）

もうさっきまでの、少しでも長く勝負を引き延ばせればいいかも、と思っていた亜季はいなかった。ピースに触れて、タワーを動かしていくうちに、彼女の中の炎がどんどん燃えさかっていったのだった。

（負けたくない……勝ちたい……！）

彼女は気がついたら、ピースを十以上も一気に動かしていた。

そしてダイスを手にして、振る……奇妙な感覚がある。八面体が停まる前に、もう彼女にはそこに出る目がなんなのか、うすうす見当がついている——そして、

「——ふん」

と鼻を鳴らしたのは東夷であり、彼はダイスが停まって自分の目が出るか出ないかのうちに、タワーに向かって手を伸ばしていた。

ピースを動かして、ダイスを振る。当然のように亜季の目が出る。

「——」

彼女はまたしてもピースを複数かなり乱暴に動かして、そしてダイスを振る。東夷の目が出る。彼は手を進めて、亜季の目を出す。

……そして、これが延々と続く。

もはやこのゲームは、それまでのパンゲア・ゲームとは完全に異なっていた。

一対一で勝敗を決する、ただのマッチアップと化していた。

4.

「……やれやれ」

とモニタールームからこの様子を見ているハロルドは苦笑を洩らした。

「確かに、我々も仕組んだところがあったが……それにしても、これでは」

まるでサーカム財団すべてが、勝負のためのお膳立《ぜんだ》てをしてやったようではないか。未来予知の才能を持つ者たちを苦労して探し出して、彼らの感性を研ぎ澄ませる方法として、研究に研究を重ねて生み出したはずの、その手段としてのパンゲア・ゲームが、これではただの――

「勝ち負けを競うだけの、子供じみた遊びそのものじゃないか――まったく」

そう嘆きながらも、ハロルドの頬は赤く紅潮《こうちょう》していた。興奮しているのを自覚する。

「しかし、面白いよ――こんなに面白いゲームは初めて見る――」

＊

（――あ）

亜季は、だんだん意識が薄くなっていくのを感じている。

タワーを構成するピースが、どこからどこへと移動するのか、そのことに精神を集中させているうちに、他のことが脳裏に浮かばなくなってくる。

心の中では相変わらず炎が燃え盛っているのだが、その熱ささえも遠くなってくる。タワーだけが、その中に内包されている可能性の道筋だけが、脳裏に焼き付けられるように浮かんでくる。そして一手打つごとに、それらが真っさらになって、また夥しい可能性の図案が浮かんでくる。

これこそが、エスタブたちが〃感性〃と呼んでいる領域である。

そこには確かなものなど何もないのに、しかし歴然とした塊として未来が手に取るように感じられる。そこでの認識は、日常生活で味わっているものとは根本から異なり、深く、鋭く、そして鮮烈であり、むしろ日々の生活の方が絵空事の虚《むな》しい幻影のようにすら感じられる。

人間は誰でも未来を予知しながら生きているのだ、と零元東夷が言っていたことが、まざまざと実感される。そう、これはいつもやっていること、思っていることと同じで、しかしその密度と濃度が桁外れであるだけだ。

（十手後で、私はあそこを取ることになる——でもその対策は、四手前に済ませてあるから、やるべきは七手目後の仕掛け——）

少し先の未来と、それよりほんのちょっと先の未来が一緒に並んで感じられる。それは情報というよりも、絵のようなイメージである。

頭の中で、今見ている景色と重なるように、もうひとつの絵が浮かんでいて、それが重なり合っている。

その中に――だんだん視えてくる。

勝負をしている零元東夷の向こう側に、もう一人いる。

その人影は彼女のことをまっすぐに見つめてくる。

（ああ……）

亜季の口元に、うっすらとした笑みが現れる。

それは女性の姿をしている。彼女がずっとその背中を追いかけてきた相手。その想いを知りたくて、この場所にまで辿《たど》り着いた。やっと見えてきた。宇多方玲唯――いや、それは必ずしも亜季が知っていたその人ではない。亜季が最初に衝撃を受けて、感動を心に刻まれた対象、ラジオ越しに声を聞いたときの、そのときの圧倒的なイメージ――

（みなもと雫――）

挫折《ざせつ》した未来予測のスペシャリストでもなく、夭折《ようせつ》した天才アーティストでもない、余計な飾りのなくなった彼女がそこに視えていた。

彼女が手を伸ばして、タワーを操っているように亜季には感じられた。彼女は今、肝心のことを何一つ言ってくれなかったみなもと雫から、ついに彼女の本音を聞かせてもらっているような、そんな気持ちになっていた。

＊

（生瀬亜季――表情が変わってきた……）

丁極司は勝負の行方を冷静に観察しながら、状況を考察する。

（なんだか、ゲームルームに零元東夷が顔を出した瞬間に見せた表情に似ているな……彼らは何を視ているのだろう？）

この場にはなく、しかし彼らにとっては実在する者と同じか、それ以上の存在として感じられる者がいるのだろうか。

（さっき零元東夷は〝やっと、ここに来た甲斐があった〟と言っていた。彼はそのためにゲームに参加したのだろう。そして今、生瀬亜季もその領域に入っていった……）

十年掛けて辿り着いた東夷に対して、亜季はあっという間にその地点に到達したことになる。

これは彼女の並外れた才能の証明なのか、それとも……

（東夷は――どう感じているんだろう……？）

少なくとも、丁極司の眼から見て、彼には一切の動揺はない。驚きはない。すべてが計算通りという、いつもの様子を崩していない。

（この人は……このために――？）

二人の勝負が延々と続くように、ダイスに仕込みをしたのはもちろん丁極司自身なのだが、それさえも東夷の計算のうちではあったのだろう。イカサマは、それが読まれている相手に対しては攻撃にならず、ただのフォローにしかならないのだと、丁極司はあらためて思い知った。

（しかし、この勝負はどうなる――エスタブが未来を読み合う上で、一対一の対局スタイルはすでにゲーム初期に於いて〝実用性なし〟として破棄されているもの――ただ勝ち負けが決まるだけでは、不安定で白黒がつかない現実の反映にならないから、と――今回はどうなんだろう？）

零元東夷と生瀬亜季の決着――となるのだろうか？　そして、それには何の意味があるのだろうか。

5.

（ああ――雫さん……）

亜季は、心のどこかにある冷静な部分では、それが幻だとわかっている。ゲームによって極度の集中と高揚によって生まれたものに過ぎないと、理解はしている……だがそんなものは、圧倒的に感じられる実感の前には儚《はかな》いものだった。

（雫さんが、私の前に……）

彼女が一手を進めるたびに、雫がそれに応えるように、あるいは先回りするようにピースの動きで意志を示す。

それは厳しくも穏やかな、一切の誤魔化しのない正直な気持ちだった。そう感じられた。

（雫さんがやってくれるのなら、私も――）

亜季も、相手の神がかった一手一手を追いかけていかなければならない。その後を必死で食らいついていくしかない。

それが、とても苦しくて、痛くて、熱くて、そして心地よい。

全身の筋肉と腱《けん》と骨格がばきばきと悲鳴を上げている。ピースを動かすために身体に加えている極度の緊張は、慣れない彼女をとっくに限界にまで追い込んでいる。指先のかすかな震えでさえ許されない精密な動きの連続は、フルマラソンを全速力で駆け抜けることを要求されているのと同じような負担を加え続けてくる。

それでも、亜季は辛いとは感じられなくなっている。

（私は、これを待ち望んできたんだ――こうなるために、こうするために、私は今まで悩んで、嘆いて、もがいてきたんだ……！）

今ならすべてが許せるような気さえしてくる。あらゆるものが自分を祝福してくれているかのようだった。

祝福――そう、そのルートがぼんやりと視え始めている。

（五十四手先で、私がこう打つ――すると六十七手目で、雫さんがこう打つ――それで私は七十七手目で、あそこを抜く――そうすれば、私の勝ち――）

その可能性が感じられる。手順として視えるのではない。すべてが同時に、しかし永遠に続くように、なにもかもが平等に視える。

いつだったか、ハロルドが言っていた言葉がある。

〝しかし実のところ、エスタブが錯乱状態になるのはさほど珍しいことでもないんだ。極度の集中と緊張を強いられ続けるのだからね。常人であれば発狂してしまうレベルだろう〟

それを思い出しつつ、しかし亜季にはそんなことをまったく顧みるつもりがなくなっている。

（永遠に――私は）

彼女は、そのルートへと続く一手をついに打った。タワーが安定を欠いて、ゆっくりと左右に揺れ始める。

（さあ、どうします――きっと雫さんも、私の上を行って、さらなる可能性をみせてくれるのでしょう。そして私も、それを上回って、そうやって私たちは、永遠に――無限に――）

彼女が焦点の合わない眼で、対戦相手を見つめていると、遠くから、ぼそりと、

「――いや、それは無理だ」

という声が聞こえた。誰の声なのか、亜季のぼうっとした意識では思い出せない。そして声はさらに言う。

「未来だけを見つめることはできない。その果てには何もないからだ。人間は無限を想像することはできない――せいぜい、そのひとつ前までだ。おまえが視ているのは錯覚で、摑んでいると思っているものはしょせん、ガラスの靴だ――実際に履いたら、あっという間にヒビが入って、砕け散る――」

そう言いながら、対戦相手は落ち着いた手つきでピースを複数動かした。それは恐ろしくも美

しい手で、亜季が視えたと思ったルートを一瞬で粉々にしてしまった。

（ああ、やっぱり——これで——）

と亜季が、タワーに手を伸ばそうとしたところで、

——こつっ、

というかすかな音がした。その音はそれまでの張り詰めた緊張の中で、明らかに異質なノイズだった。

テーブルを指先で叩いて、振動を起こす音だった。その動作をしたのは、亜季の隣にずっといた男——来栖真玄であり、そしてそのタイミングは、東夷が転がしたダイスが今、まさに停まろうとした瞬間だった。

そのテーブルに生じたわずかな震えが、停止しかけていたダイスに変化を生じさせる。亜季のところで停まりかけていたその目が、もう一面先のところで表になる。

「私の番だ」

来栖が静かに、きっぱりと言う。

「…………」

亜季はぎくしゃくと、彼の方を向く。それまでぎりぎりに引き絞られていた集中が、ノイズによって遮断されて、たちまち弛緩する。

「あ……」

と彼女は、ぐらり、と大きく傾いた。そして倒れ込む。

その寸前に、来栖真玄はタワーから素早くピースをひとつ引き抜いて、上に載せている……そこに亜季の身体が衝突する。

がしゃがしゃん──という騒音と共に、タワーは崩れ去った。

「ふん──」

と来栖真玄は、残る二人を交互に見やりつつ、

「ひとりはイカサマ師で、ひとりは誰とも一緒にしてもらいたくないひねくれ者で、そして、まだ未熟な子供だ。どうやら、ここにいたエスタブは私だけだったようだ──ならばゲームを終わらせるのも、私の仕事だろう」

そして散らばったピースをひとつ拾い上げて、

「私の番で、タワーは崩れた──私の負けだ。これでエスタブが一人もいなくなったから、パンゲア・ゲームも終わりだな」

と言った。

6.

「──亜季さん！」

倒れた彼女に、丁極司が駆け寄って抱き起こした。彼女は白目をむいて気を失っていた。外に待機していた警備兼救護班の者たちもなだれ込んでくる。担架が用意されて、彼女が運び出されようとしたところで、零元東夷が丁極に、

「それがおまえの弱点なんだよ、司――」

と話しかけてきた。少年が振り返ると、東夷は、

「人間の脆さがわかっていない――人ができること、やれること、そして使いこなせることの違いが今ひとつ把握できていないんだ。おまえは人間を買いかぶっている」

と言った。少年は一瞬頬を強張らせたが、すぐに、

「――肝に銘じておきますよ」

と答えて、亜季を乗せた担架と共に退室していった。

ゲームルームには、東夷と来栖だけが残された。

「ふう――」

と来栖が、ネクタイを緩めてシャツのボタンをひとつ外す。

「まったく――私にはほんとうに良いところがなかったな。とんだ道化だ」

そうぼやくと、東夷が眉をひそめて、

「おい、本気で言っているのか？　あんたはこの流れの中で唯一、僕に屈服しなかった男だろう」

と言ってきた。来栖は唇を尖らせて、

「嫌味にしか聞こえないよ。私のやっていたことと言えば、皆の隙間をかろうじてかいくぐっていただけだ」

「それができたのは、最初に負けられたからだろう」

「ん？」

「あそこで負けられたことが、あんたの可能性なんだよ。あそこは勝つべきではなかった。あんなところで小賢しく勝ってもなんの未来にもつながっていかない。だからあんたは、やる気が出なかったんだよ。なんの〝理〟も視えなかったんだろう？　あそこでは」

言われて、来栖は椅子の背もたれに身を任せて、ふうっ、と息を吐いた。

「……否定はしないよ。私としては君のことを侮っていたせいかな、とも思ったが――」

「あんたはもう、とっくにパンゲアに飽きていたんだよ、それだけの話だ」

「身も蓋《ふた》もないな――」

「だから今、ゲームで生瀬亜季が破滅しかけたのを〝そこまでするもんじゃない〟って、助けたんじゃないか」

「………………」

来栖は東夷の顔をじっ、と見つめた。

彼は、生瀬亜季を追い詰めて潰す気だったのだろうか。それとも途中で来栖が止めるだろうと読んでいたのか？

（私がダイスのイカサマの性質を見切るのが、生瀬の精神破綻よりも早いとみていたのか、それとも賭けだったのか……)

そう思いながら、しかしこの答えを明瞭《めいりよう》な形で得られることはないだろう、とも感じていた。

「さて、それじゃあ後は頼んだぞ、来栖真玄――」

東夷は席から立ち上がった。

え、と来栖が虚を衝かれてぽかん、となったところに、彼はうなずきかけて、

「どうせサーカムは次のゲームをどうするか、色々と図っているだろうからな。そっちは任せたよ」

と言うと、きびすを返して部屋から去ろうとする。来栖はあわてて、

「ちょ、ちょっと待て――君はサーカム財団にはもう協力しないのか?」

「そもそも僕には、そんな義理はない――十年前に去っている」

先代の話を、完全に自分のことのように言う。しかしそのことに食い下がっても返答はないのだろう。だから来栖は、

「し、しかし生瀬亜季はどうするんだ? 君が導いてやらないと――」

という方向で留めようとするが、これにも東夷はにべもなく、

「だから、そんな義務はない。そもそも、あいつの世話は宇多方玲唯の仕事で、それはまだ終わっていない。僕の出番はない」

既に死んでいる者が、まるで未だに指導を続けているかのように言う。確信に満ちているのは、それもまた彼にとって我が事だからなのだろうか。

「僕はただ、君たちが零元東夷を舐めていると聞いたから、その甘い認識を叩き潰しに来ただけだよ——他に理由はない」

実に軽い口調で言って、そして扉に手を掛ける。予感がある。零元東夷はここから出て行ったら、もう誰にも見つけられない——彼がその気にならない限り。

「君は——これから何をするつもりだ？　どんな未来が視えている？」

来栖の問いに、東夷は振り返って、そして面倒くさそうに、投げやりに、

「そいつが問題なんだ」

と言って、そして静かに扉を閉ざした。遠ざかる足音さえも聞こえなかった。

"Zero Trillion in Pangaea" closed.

あとがき――鼠《ねずみ》と竜のゲーム

僕は子供の頃から負けず嫌いだった。しかし強くも賢くもなかったので、トランプゲームなどをやると、ほぼ負ける。悔しくて泣いてしまう。さらに泣いているのを相手に見られるのも悔しいので、とにかくやり場のない苛立《いらだ》ちにさいなまれていた。だったら努力すれば勝てたかも知れなかったが、しかしどう努力すれば良いのかさえわからなかった。だからとにかく万に一つの僥倖《ぎょうこう》ばかりを期待しては玉砕《ぎょくさい》する、ということを繰り返していた。結局それらの勝負はほとんど負けっぱなしで終わってしまい、未だにかなり悔しい気持ちが消えていない。どんなゲームにも構造というものがあり、それを理解しない限り勝利への道筋など見えるはずなかったが、頭に血が上っていた僕にはそういうシステムへの理解が根本から欠《か》けていて、自分にも勝ちが回って来ないのは理不尽《りふじん》だ、とばかり思っていた。

伝説の勝負師、といわれる人たちがいる。それはもう桁《けた》外れで、二十年間無敗だったという話などもある。彼らの発言をみると、とにかく頭に血が上ったら負け、それどころか勝とうと思いすぎると負ける、みたいに言っていることが多い。自分に有利な状況になって「しめしめこれで勝ったぞ」とか思うと、とたんに足をすくわれて負ける、という。ここで僕の頭はひたすらにこんがらがってしまう。だって勝ちたいと思うから努力するのであり、負けたくないと焦《あせ》るから頑張っているのではないのか。それが勝ったと思ってはいけないとか、焦りは禁物だとか、それではそもそも勝負そのものをする必要がないではないか、って気がしてしまうのである。焦らない勝負など戦いではなく、ただの作業ではないか。いや僕は単純作業でさえかなり焦ってしまう方なので、冷静に事を運ぶことさえ難しい。でも、そんなことでは「始める前から負けている」ことになるらしい。しかし勝ちたいとさえ思わないでやる勝負というのは、いったいなんなのだろうか。

世の中でもっとも過酷《かこく》な勝負が日々繰り返されている場所といえば、現在では株や証券取引といったトレードの世界であろうことは考えるまでもない。そこではスポーツでは当然のフェアなルールさえもがしばしば無視される。常に他者に先んじて、裏を掻《か》き、目端《めはし》が利《き》かなくては利ざやを稼《かせ》ぐことはできない。他人を踏みにじってやるという闘争心がなくてはとても参加していられないが、しかし特定の誰かを敵視しているだけではたちまち他の第三者に出し抜かれてしまう。戦っているのは間違いないが、何と戦っているのかは曖昧《あいまい》だ。そしてそういう世界での伝説の勝負師の一人、トム・ボールドウィンという人は「儲《もう》けるにはどうしたらいいかとか、いくら儲けたかなどは一切考えない。ひたすら、きちんとした取引をしようと心がけている」なんてことを言っている。もう、目的はなんなんだ、何がしたいんだおまえは、と訊《き》いてみたくなる。きちんとした取引ってなんだ、それって楽しいのか？　訳がわからないよ、と嘆《なげ》きたくなってくる。しかもこの人はさらに「私の取引のやり方は臨機応変に流動していく。だが〝取引をするのは金のためではない〟という掟《おきて》は変わらない」なんてことまで言っている。勝負をするのに、勝負そのものがもたらす利益を無視するというのである。さらに「直観がすべてだ」とか「情報はアテにならない。さっきまで正しかったことが次の瞬間にはもう正しくない。重要なのは〝今〟だけだ」「最高の取引をしたのに損をしたこともあるが、そんなときは気分がスッキリして嬉しいものだ。その逆に良い取引ができなかったのに金だけは儲かってしまったこともある。実に不愉快だ」とかの発言になると、もうなんの話をしているのかさえ不明になってくる。勝負論のはずだったのに、精神論みたいになってしまっている。しかし――ここまで来ると、逆にちょっとだけわかってくることがある。それは彼らにとって勝負事は「それ自体が目的ではない」ということだ。別の何かを実現するために、あるいはそれに近づくために、手段として目先の勝負があるのだろう。そしてその真の目的というのは、現実の世界には存在しない理想的で幻想的な、夢物語に属するような、要するに〝ロマン〟なのではなかろうか。だから目先の勝敗に一喜一憂しない。しょせん現実の話であり、理想の実現にはまだまだ遠いのだから。それはたとえるなら、魚釣りをしているのだが、しかしこれはいつか竜を釣るための予行演習なのだ、と言い張るようなものかも知れない。

もちろん勝負師たちは皆、冷徹《れいてつ》なリアリストでもある。トム・ボールドウィンのいう〝きちんとした取引〟というのが「大勢の人間を幸せにする」とか「皆が満足できる合意に至る」みたいな方向を指していないことは明白である。単にそれは、彼の心の中だけの話なのだ。他人が見たら全然「きちん」としていなくても、彼の気持ち的にそう感じられさえすれば、それでいいのであろう。そしてこれも一流の勝負師に共通する要素なのだが、彼らは例外なく臆病《おくびょう》である。正確には、臆病であると他人に知られることを怖れない。常にびくびくしていて、つまらないことに固執《こしつ》して「まあいいや」で済まさない。やはり伝説的存在で、チェス・プレイヤー界のモーツァルトと評された天才ボビー・フィッシャーは、世界王者決定戦のときに「テレビカメラで撮られていると気が散る」と言って、対局室から撮影機材を引き上げさせたりしている。余裕がなく、はっきりと心が狭く、そのことで他人から陰口を叩かれようが我意を曲げない。勝つために必要となったら、いや、ときには勝負そのものを放棄《ほうき》してまで、心の中にある己だけのロマンを守ろうとする。その怯《おび》えっぷりは常に物陰に隠れていないと落ち着かないネズミのようでもある。正直言って、勝負師たちに憧れて、調べれば調べるほど「こんなんだったら勝負に勝てなくてもいいや……」という気分になっていく。子供の頃の僕に「勝ちたかったら、彼らを見習え」と言ったところで、今度は怯えて泣き出すだろう。

しかしいくら嫌になったところで、世の中というのが本質的に勝負であることは変わらない。僕らはそれらを適当にやり過ごして生きているのだが、どうせ勝負しなければならないのなら、必ずしも勝てるとは限らないのなら、伝説の勝負師たちのように、心の中にロマンを持っていた方がいいような気がする。もちろん彼らのような異常なまでの集中力や感性を持っている訳でもないので、中途半端になってしまうだろうが、それでもでっかい竜を釣ることを目指した方がスッキリすると思う。そう、そのためならば怯えたネズミになってもかまわないと感じるほどの目的が人生にあるというのは、きっと目先の勝負に勝つことよりも価値があることだろうから。まあ、どう考えても子供の頃の悔しさを解消できる結論とも思えませんが、世の中そのものが理不尽なので仕方ありません。以上。

（でも結局強い人って、最初からそれなりに強いんだよな……）
（だから挑《いど》み甲斐《がい》があるんですよ。それでいいじゃん）

BGM "The Game" by Regurgitator

上遠野浩平　著作リスト（2016年11月現在）

1ブギーポップは笑わない　電撃文庫（メディアワークス　1998年2月）
2ブギーポップ・リターンズVSイマジネーター　PART1　電撃文庫（メディアワークス　1998年8月）
3ブギーポップ・リターンズVSイマジネーター　PART2　電撃文庫（メディアワークス　1998年8月）
4ブギーポップ・イン・ザ・ミラー「パンドラ」　電撃文庫（メディアワークス　1998年12月）
5ブギーポップ・オーバードライブ歪曲王　電撃文庫（メディアワークス　1999年2月）
6夜明けのブギーポップ　電撃文庫（メディアワークス　1999年5月）
7ブギーポップ・ミッシング　ペパーミントの魔術師　電撃文庫（メディアワークス　1999年8月）
8ブギーポップ・カウントダウン　エンブリオ浸蝕　電撃文庫（メディアワークス　1999年12月）
9ブギーポップ・ウィキッド　エンブリオ炎生　電撃文庫（メディアワークス　2000年2月）
10殺竜事件　講談社ノベルス（講談社　2000年6月）
11ぼくらは虚空に夜を視る　徳間デュアル文庫（徳間書店　2000年8月）星海社文庫
12冥王と獣のダンス　電撃文庫（メディアワークス　2000年8月）
13ブギーポップ・パラドックス　ハートレス・レッド　電撃文庫（メディアワークス　2001年2月）
14紫骸城事件　講談社ノベルス（講談社　2001年6月）
15わたしは虚夢を月に聴く　徳間デュアル文庫（徳間書店　2001年8月）
16ブギーポップ・アンバランス　ホーリィ&ゴースト　電撃文庫（メディアワークス　2001年9月）
17ビートのディシプリン　SIDE1　電撃文庫（メディアワークス　2002年3月）
18あなたは虚人と星に舞う　徳間デュアル文庫（徳間書店　2002年9月）
19海賊島事件　講談社ノベルス（講談社　2002年12月）

20ブギーポップ・スタッカート ジンクス・ショップへようこそ 電撃文庫（メディアワークス ２００３年３月）
21しずるさんと偏屈な死者たち 富士見ミステリー文庫（富士見書房 ２００３年６月）
22ビートのディシプリン ＳＩＤＥ２ 電撃文庫（メディアワークス ２００３年８月）
23機械仕掛けの蛇奇使い 電撃文庫（メディアワークス ２００４年４月）
24ソウルドロップの幽体研究 祥伝社ノン・ノベル（祥伝社 ２００４年８月）
25ビートのディシプリン ＳＩＤＥ３ 電撃文庫（メディアワークス ２００４年９月）
26しずるさんと底無し密室たち 富士見ミステリー文庫（富士見書房 ２００４年12月）
27禁涙境事件 講談社ノベルス（講談社 ２００５年１月）
28ブギーポップ・バウンディング ロスト・メビウス 電撃文庫（メディアワークス ２００５年４月）
29ビートのディシプリン ＳＩＤＥ４ 電撃文庫（メディアワークス ２００５年８月）
30メモリアノイズの流転現象 祥伝社ノン・ノベル（祥伝社 ２００５年10月）
31ブギーポップ・イントレランス オルフェの方舟 電撃文庫（メディアワークス ２００６年４月）
32メイズプリズンの迷宮回帰 祥伝社ノン・ノベル（祥伝社 ２００６年10月）
33しずるさんと無言の姫君たち 富士見ミステリー文庫（富士見書房 ２００６年12月）
34酸素は鏡に映らない 講談社ミステリーランド（講談社 ２００７年３月）講談社ノベルス
35ブギーポップ・クエスチョン 沈黙ピラミッド 電撃文庫（メディアワークス ２００８年１月）
36トポロシャドゥの喪失証明 祥伝社ノン・ノベル（祥伝社 ２００８年２月）
37ヴァルプルギスの後悔 Ｆｉｒｅ１ 電撃文庫（アスキー・メディアワークス ２００８年８月）
38残酷号事件 講談社ノベルス（講談社 ２００９年３月）
39ヴァルプルギスの後悔 Ｆｉｒｅ２ 電撃文庫（アスキー・メディアワークス ２００９年８月）
40騎士は恋情の血を流す（富士見書房 ２００９年８月）

41ブギーポップ・ダークリー　化け猫とめまいのスキャット　電撃文庫（アスキー・メディアワークス　２００９年12月）
42クリプトマスクの擬死工作　祥伝社ノン・ノベル（祥伝社　２０１０年２月）
43ヴァルプルギスの後悔　Ｆｉｒｅ３　電撃文庫（アスキー・メディアワークス　２０１０年８月）
44私と悪魔の100の問答　講談社100周年書き下ろし（講談社　２０１０年10月）
45ブギーポップ・アンノウン　壊れかけのムーンライト　電撃文庫（アスキー・メディアワークス　２０１１年１月）
46アウトギャップの無限試算　祥伝社ノン・ノベル（祥伝社　２０１１年８月）
47恥知らずのパープルヘイズ　―ジョジョの奇妙な冒険より―（集英社　２０１１年９月）
48ヴァルプルギスの後悔　Ｆｉｒｅ４　電撃文庫（アスキー・メディアワークス　２０１１年12月）
49戦車のような彼女たち（講談社　２０１２年７月）
50コギトピノキオの遠隔思考　祥伝社ノン・ノベル（祥伝社　２０１２年12月）
51螺旋のエンペロイダー　Ｓｐｉｎ１　電撃文庫（アスキー・メディアワークス　２０１３年４月）
52ブギーポップ・ウィズイン　さびまみれのバビロン　電撃文庫（アスキー・メディアワークス　２０１３年９月）
53しずるさんと気弱な物怪たち　星海社文庫（星海社　２０１４年４月）
54螺旋のエンペロイダー　Ｓｐｉｎ２　電撃文庫（ＫＡＤＯＫＡＷＡ　２０１４年６月）
55ブギーポップ・チェンジリング　溶暗のデカダント・ブラック　電撃文庫（ＫＡＤＯＫＡＷＡ　２０１４年11月）
56螺旋のエンペロイダー　Ｓｐｉｎ３　電撃文庫（ＫＡＤＯＫＡＷＡ　２０１５年12月）
57無傷姫事件　講談社ノベルス（講談社　２０１６年１月）
58彼方に竜がいるならば　講談社ノベルス（講談社　２０１６年２月）
59ブギーポップ・アンチテーゼ　オルタナティヴ・エゴの乱逆　電撃文庫（ＫＡＤＯＫＡＷＡ　２０１６年３月）
60パンゲアの零兆遊戯（祥伝社　２０１６年11月）

本書は書下ろしです。

切りとり線

あなたにお願い

この本をお読みになって、どんな感想をお持ちでしょうか。次ページの「100字書評」を編集部までいただけたらありがたく存じます。個人名を識別できない形で処理したうえで、今後の企画の参考にさせていただくほか、作者に提供することがあります。

あなたの「100字書評」は新聞・雑誌などを通じて紹介させていただくことがあります。採用の場合は、特製図書カードを差し上げます。

次ページの原稿用紙（コピーしたものでもかまいません）に書評をお書きのうえ、このページを切り取り、左記へお送りください。祥伝社ホームページからも、書き込めます。

〒一〇一—八七〇一　東京都千代田区神田神保町三—三
祥伝社　文芸出版部　文芸編集　編集長　日浦晶仁
電話〇三(三二六五)二〇八〇　http://www.shodensha.co.jp/bookreview/

◎本書の購買動機（新聞、雑誌名を記入するか、○をつけてください）

＿＿新聞・誌の広告を見て	＿＿新聞・誌の書評を見て	好きな作家だから	カバーに惹かれて	タイトルに惹かれて	知人のすすめで

◎最近、印象に残った作品や作家をお書きください

◎その他この本についてご意見がありましたらお書きください

100字書評

パンゲアの零兆遊戯

住所

なまえ

年齢

職業

上遠野浩平（かどのこうへい）
1968年生まれ。98年『ブギーポップは笑わない』で第４回電撃ゲーム小説大賞を受賞しデビュー。著書に『私と悪魔の100の問答』『戦車のような彼女たち』『ソウルドロップの幽体研究』『メモリアノイズの流転現象』『メイズプリズンの迷宮回帰』『トポロシャドゥの喪失証明』『クリプトマスクの擬死工作』『アウトギャップの無限試算』『コギトピノキオの遠隔思考』など。

パンゲアの零兆遊戯《れいちょうゆうぎ》

平成28年11月20日　　初版第１刷発行

著者――上遠野浩平《かどのこうへい》
発行者――辻　浩明
発行所――祥伝社《しょうでんしゃ》
〒101-8701 東京都千代田区神田神保町3-3
電話　03-3265-2081（販売）　03-3265-2080（編集）
03-3265-3622（業務）
印刷――堀内印刷
製本――ナショナル製本

Printed in Japan © 2016 Kouhei Kadono

ISBN978-4-396-63512-1　C0093
祥伝社のホームページ・http://www.shodensha.co.jp/

本書の無断複写は著作権法上での例外を除き禁じられています。また、代行業者など購入者以外の第三者による電子データ化及び電子書籍化は、たとえ個人や家庭内での利用でも著作権法違反です。
造本には十分注意しておりますが、万一、落丁・乱丁などの不良品がありましたら、「業務部」あてにお送り下さい。送料小社負担にてお取り替えいたします。ただし、古書店で購入されたものについてはお取り替え出来ません。

祥伝社ノン・ノベル
好評既刊シリーズ

一枚の紙切れで生命と同等の価値のあるものを奪う
謎の怪盗ペイパーカットを巡る物語——。

「ソウルドロップ」シリーズ
上遠野浩平

①ソウルドロップの幽体研究
②メモリアノイズの流転現象
③メイズプリズンの迷宮回帰
④トポロシャドゥの喪失証明
⑤クリプトマスクの擬死工作
⑥アウトギャップの無限試算
⑦コギトピノキオの遠隔思考